中国的理智

林语堂

著

CTS
湖南文艺出版社
HUNAN LITERATURE AND ART PUBLISHING HOUSE

博集天卷
CS-BOOKY

WITH LOVE & IRONY by Lin Yutang
This edition arranged with Curtis Brown Group Ltd.
through Andrew Nurnberg Associates International Limited

著作权合同登记号：图字 18-2019-250

图书在版编目（CIP）数据

中国的理智 / 林语堂著 . 一长沙：湖南文艺出版社，2019.12
ISBN 978-7-5404-9418-6

Ⅰ . ①中⋯ Ⅱ . ①林⋯ Ⅲ . ①散文集—中国—现代 Ⅳ . ① I266

中国版本图书馆 CIP 数据核字（2019）第 188572 号

上架建议：名家经典·文学
ZHONGGUO DE LIZHI
中国的理智

作　　者：林语堂
出 版 人：曾赛丰
责任编辑：薛　健　刘诗哲
监　　制：蔡明菲　邢越超
策划编辑：王　维
特约编辑：汪　璐
版权支持：辛　艳
营销支持：傅婷婷　文刀刀　周　茜
装帧设计：利　锐
出　　版：湖南文艺出版社
　　　　　（长沙市雨花区东二环一段 508 号　邮编：410014）
网　　址：www.hnwy.net
印　　刷：北京盛通印刷股份有限公司
经　　销：新华书店
开　　本：860mm×1200mm　1/32
字　　数：143 千字
印　　张：7
版　　次：2019 年 12 月第 1 版
印　　次：2019 年 12 月第 1 次印刷
书　　号：ISBN 978-7-5404-9418-6
定　　价：48.00 元

若有质量问题，请致电质量监督电话：010-59096394
团购电话：010-59320018

序 言

赛珍珠

我住在南京时，曾经常极注意几种新的在挣扎着的小杂志，因为我关心周围的革命中国的动态。其中有一种英文的杂志名叫《中国评论周报》。我每星期一页一页地读着，因为这里面有中国的青年知识分子在发表他们的思想与希望。他们用的是英文，一半是因为他们需要懂英文的读者，又一半是因为他们中有几个用英文写起来还比较用中文容易一点。那时在这杂志中开始新辟了一栏题为"小评论"，署名是一个叫做林语堂的人，关于这个人的名声那时我从未听到过。那一栏里的文章是一贯的对于日常生活、政治或社会上的各种事物的新鲜、锐利与确切的闲话。最使我钦佩的便是它的无畏精神。在一个批评执政要人确有危险的时期，小评论却自由地直言着，我想那一定是由于借此以表达他自己的意见的幽默与俏皮才能免遭所忌。这种俏皮——本着他人所不具备的无畏，在不当宽容时绝不宽容，对于中国的老百姓们，不论是资产阶级或无产阶级都一视同仁——不久便受了除我以外的许多读者们的注意，而大家也便开始打听了："这个林语堂是什么人呀？"

从这时起就有许多外国读者们都这样地问着，到后来也知道了他是一个什么人。他的作品说明了他这个人。这本书则更能说明他是什么人。这里收着的文章，也许是最适合林语堂的才能的，当然毫无问题，他是一个有才能的人。这些文章代表了他的思想的锋芒直刺的特质，它们都是他的才智的天赋的表现。

这种短而辛辣的文章，林语堂写了有一年多。这一本书便是以这些过去与现在的作品编集而成的。但并不是全部都在这里，因为有一部分有时间性，现在已不适宜了。但这里的一些文章，也已经足够表现其多样了，而林语堂所喜欢的也便是多样，虽然他对于一件事情发生很深的兴趣时，他也能执著得很久很深。

我还有一件事情可以一说的。在一九三三年有一个晚上，我在林语堂家里吃饭，那时是在上海。我们谈起了以中国题材写作的外国作家们，那时他突然说道："我倒很想写一本书，说一说我对于中国的实感。"

"你大可以做得。"我十分热忱地答道。我早盼望有一本中国人写的这一类书了。林语堂写成了那本书，那便是《吾国与吾民》。这本书以及其后的一本《生活的艺术》中的好多章节的基本来源，最初便是在"小评论"一栏中的那些文章。在那二本书都还未写成之前，我曾收集了这栏文章中的几篇，寄到美国去投给《亚细亚》月刊。其中有一篇在那杂志上发表了出来。那一篇便是收在这本书里的《遗老》。

　　不久前林语堂曾在中国的陪都住了几个月。他同千万的中国人民一同有了战争的惨酷经历。但不管其经验是什么，在这本书里，林语堂依旧是林语堂。那些小评论，幽默、聪明，而无伤于他的诚挚。

目录

英国人与中国人

时至今日，一个人时常不免要想起白种人，因为近日欧洲的景象实在很足以挑动思潮。

我们不由要问问欧洲为什么会这样的一团糟，因为在那里人类的事情正弄到一团糟，所以人类一定有了过失了。我们不得不向自己问道：欧洲人的心理上的限度到底怎样，以致要在欧洲维持和平这样困难？欧洲人的心智结构的特点究竟是什么？说起心智的结构，我并非指智能或纯粹简朴的思想，而是指一切对事物的心理反应。

我决不会怀疑到欧洲人种的智能。可是可叹的一点是：智慧跟人事很少关系，因为人事多数是受我们的动物热情所支配。人类的历史并非人类理智的聪敏指导下的产物，而是由情感的力量所形成——这种力量包括我们的梦想，我们的傲慢，我们的贪婪，我们的畏惧，以及我们的复仇欲望。欧洲仍旧不是被智慧所统治，而是被动物的恐惧和复仇热情所支配。欧洲的进步并不是由于白种人思想的结果，而是由于他的缺乏思想。今日如果有一个至高的人类智慧安置在欧洲的首脑，由他领导她的整个命运，欧洲决不会像现在那样。现在的欧洲不是由一个至高的人类智慧所统治，而是由三个有大而有力的下颚的人所统治——墨索里尼、希特勒，以及斯大林。

这不仅仅是一件意外的事情。有些人的面孔像三角形，三角形阔的一面生在下面（独裁者和实行的人），而有些人的面孔却像颠倒的三角形（有智慧的人和思想家，例如罗素）。智慧的人和实行的人是属于两种完全不同的类型的。德国民族能够宣誓效忠于"上帝和希特勒"，可是，如果一个英国的纳粹党要宣誓效忠于"上帝和罗素"，罗素一定要惭愧得无地自容。欧洲要是一直给这三个有阔大而有力的下颚的人统治，要是她乐于给有阔大有力的下颚的人统治，欧洲一定要继续依照她目前的发展路线下去，向着她现在所向着的深渊前趋。

每一个民族都有梦想，而且多少完全按照她的梦想而活动。人类的历史是我们的理想和现实冲突的结果，理想和现实之间的调整便决定了那一个民族的特殊发展。苏联是俄国人梦想能力的结果；法兰西共和国是法国人对于抽象观念的热情的结果；不列颠帝国是英国人的特殊健全常识和他们完全不受逻辑推论的拘束的结果；德国的纳粹政权是德国人酷爱共同阵线和集体行动的结果。

我论及英国人的性格，因为我认为我了解英国比较其他国家好些。我觉得英国人的精神跟中国人的较为近似，因为两个民族都是现实主义和常识的崇拜者。英国人和中国人的思维方式，甚至他们的说话方式，有许多相同之点。两国人民都极不信任逻辑，对于太完美的论辩极度怀疑。我们相信当一种论辩太合逻辑时，它不会真实的。两国的人都有做事恰到好处的天赋，而无须举出所以要做它们的原因。一切英国人都爱一个说谎说得好的人，中国人也是如此。我们随便用什么名字叫一件东西，只不愿用它的本来的名字。当然，不同之点也有许多（例如，中国人比较富于情感），而且中国人和英国人有时也会互相触怒；可是我是发掘到我们的民族性的根源里的。

让我们分析英国人性格的力量，看看英国这个民族的光荣历史怎样从这种性格兴起的吧。我们都晓得英格兰不独有一段光荣的历史，而且是一段惊人的历史。英国常常惯于做一件事情，一点没有错，可是称它的名字却错了。例如现在，她把英国的民主政体叫做君主政体。因为这个缘故要领略英国伟大的性质是很困难的。英国民族已经给人误解，要一个中国人才能正确地了解英国人的民族性。英国人曾被人非难为虚伪，矛盾，有"糊涂混过"的天才，却显然缺乏逻辑。我要为英国人的矛盾和英国人的常识辩护。非难英国人为矛盾实在是没有道理，完全是由于对于英国人的性格缺乏真正的理解和领略所致。我想，以一个中国人的地位，我能够了解英国人的性格，比英国人了解自己更好些。

在这里我的主要目的是提出一点真正领略英国的伟大之处的观点。为了要领略英国，我们必须对逻辑有一种轻蔑心理。这一切对英国人的误解，是由于对思想的真正功能的谬误见解所致。常常有一种危险，即我们把抽象的思想认为人类心性的最高功能，认为它的价值超过了简单的常识。民族的第一种功能，正如动物那样，便是要懂得怎样生活，除非你学会怎样生活以及使你自己跟变化的环境适应，你的一切思想都虚废了，而且是人类脑子的正常功能的败坏罢了。

我们都有一种曲解，认为人类的脑子是一个思想的器官。没有一件东西比这更远离真理了。这个见解，我认为在生物学方面是错误而且不健全的。巴尔福男爵说得好："人类的脑子正如豚鼻那样是用以找寻食物的。"总之，人类的脑子不过是一段扩大的脊髓骨罢了，它的第一种功能便是用来感觉危险和保全生命罢了。我们没有成为会思想的人以前，不过是一些动物。这种所谓逻辑推理能力，不过是动物世界中的一种发展得很迟的东西，甚至在现在它仍旧很不完全。人类不过是一种一半靠思想一半靠感觉的动物。这种帮助一个人去获得食物和生活下去的思想是一种较高的，而不是较低的思想，因为这一类思想常常比较健全。这一类的思想通常便叫做常识。

行动而没有思想也许是愚蠢的，可是行动而没有常识却常常会结果悲惨。一个具有健全常识的民族并不是一个不会思想的民族，而是一个把它的思想归纳到生活的本能那里使它们和谐相处的民族。这一类的思想从生活的本能方面获益，可是永不会跟它相反。思想过度会使人类趋于毁灭。

英国人也思想，可是从来不让他们在自己的思想和逻辑的抽象里迷惑起来。那便是英国人心性的伟大之处，英国能够在最适当时候做出最适当的事情，便是这个缘故。英国能够加入适当的一方，参加适当的战争，也是这个缘故。她常常参加适当的战争，然而常常举出不对的参加理由。那便是英国的惊人力量和生活力。我们也许可以叫它做"糊涂混过"、矛盾，以及虚伪。归根到底却是那健全的英国人的常识和一种头脑健全的生活的本能。

换一句话，正如各个人那样，各民族的第一条定律便是自存律，一个民族越是能够使它自己跟变化的环境适应，不管有没有逻辑，她的生活本能便也越加健全。西塞罗说过："不矛盾是狭小心性的美德。"英国人的具有矛盾之点，只是表示英国伟大的标志。

例如，拿这个令人惊异的大不列颠帝国来说吧，它现在仍旧是世界上最伟大的帝国。英国的人民怎样把它建立的呢？便是由于完全没有逻辑的推理所致。你也许可以说，大不列颠帝国的基础是：英国人的运动精神，英国人的耐久力，英国人的胆量，以及英国的法官的廉洁。这一切都是真的，可是还有一个更重要的原因：大不列颠帝国的伟大是基于英国人缺乏脑筋作用这一点。缺乏脑筋作用，或脑筋作用不充足，便产生了道德上的力量。大不列颠帝国存在着，因为英国人很相信他自己和他自己的优越。

没有一个民族能够出去征服世界，除非她很确定自己的"开化"的使命。然而，当你开始想到和看到别一个民族的一些东西，或是别一个人和他的习惯时，你的道德信仰便离开你了，同时你的帝国也覆亡了。大不列颠帝国一直到今日还能够屹立的缘故，是因为英国人仍然相信他的方法才是确实无谬的方法，又因为他不能够宽容任何跟他的标准不合的人。

所以大不列颠帝国本身是基于一个完全不合逻辑的计划。它的基础实在是远在伊丽莎白女王时，跟西班牙帝国的极度奋斗时的海盗时代所奠定的。可是，当海盗对于大不列颠帝国的扩展是必需的，英国竟能产生充足的海盗来应付局势，她并且对海盗称颂起来。其后，当工业革命需要殖民地的市场时，她又发展一种建立殖民地的本能，在她的开化势力方面，又有另一种惊人的发现。不久，一个英国诗人吉百龄（Rudyard Kipling）发现了白种人的负担，那种白种人的负担的感觉以及英国的开化势力帮助英国人继续干下去，没有别的东西能够这样。当然没有别的东西能够比这一切更可笑了，可是没有什么东西能够表现出对于生活更为健全的本能。

然而，如果你以为这只是愚蠢，而且除了是一种不好的美德外不算得什么，那么想想这件事的另一面吧。大不列颠帝国的发展无疑是人类历史上的一件空前创举，这样的一个帝国，无疑不能仅仅因为没有逻辑便能团结起来。若是在任何别的民族的手里，那大不列颠帝国一定会尾大不掉便倾覆了，因为这个把一个从澳洲到加拿大这样大的帝国团结起来的难题，就是最能干的政治家也要感到力不胜任。只有英国人的心智才能解决它，他们解决的办法便是发明了这个大不列颠联邦政制。这个大不列颠联邦政制实际上等于一个国联，不同的一点便是这个国联是真正有效力的。英国人民说不定没有自觉到这是一个国联，因为他们惯于做了一件事而不知道它是什么。我不知道英国人怎样发现这个公式，可是，他们要不是发现它，便是由于他们纯粹的常识以及和现实调整的能力而无意中发现了它的。

或是拿英国的语文来说说吧。英语在今日可以算得是最近似一种国际语的语文了。英国人怎么会这样的呢？这也许是由于逻辑的可笑的缺乏，由于英国人的那种纯然的倔强性格不肯说他种语言。一个中国人在英国时便说英语，在法国时便说法语，在德国时便说德语。可是一个英国人无论到哪里只说英语。英国人有一句格言：

> 当你在罗马旅行，
>
> 要像在家时那样做事情。

这是我用英语写的唯一诗句。

这是一件最不合逻辑的事情，可是结果却又变成了最正确的事情，现在英语无疑地已成为国际语了。

在英国的民族生活的各点尽皆如是。她的英国国教是一种神学上的反常东西。从神学方面说，它是一盘英国酱汁和罗马羊肉合煮的菜，一种没有教皇的天主教神学理论，仅仅是亨利八世和伊丽莎白女王的政治意识的表现而已。它是荒诞可笑的，不合逻辑的，时至今日它是无可救药地陈腐了，可是几年前英国国会仍旧拒绝把它的祈祷书修改呢。这是英国的妥协精神的最高例证。

可是它却是一种有效力的教会，能够维持生命到今日。

英国的宪法又是另一件英国的凑杂物的杰作，然而，即便它是一件凑杂物，它对英国人民却保证他们的公民权利。

英国的大学又是另一个许多学院的奇异混杂物的例子，没有韵律，没有理由。牛津大学有三十个学院，没有人能够说出为什么一定是三十而不是二十九的原因，然而牛津大学始终是世界上最真正的一个学府。

英国的政体的本身便是一件矛盾的东西，名义上是君主政体，实际上却是民主政体，可是不知怎的，英国人并不觉得其中有什么冲突。英国人一面对他们的国王表示忠诚，可是跟着又假乎他们的国会去规定王室的费用。将来总有一天英国会变成一个共产主义国家，英王仍旧高踞宝座上，由一个极度死硬派的保守党内阁来领导。现在英国是一个社会主义的国家，对贵族们的田地和房产课以重税——并不用社会主义这个名称来称呼它——在短期间英国也许会成为劳工政府，可是人们会觉得过程是这样地温和顺适，一点不会有剧烈的动荡。我很相信英国的民主政体基础是不会动摇的。

所以，英国人就是这样地带了他的洋伞走过去（他并不觉得带洋伞是可羞的），他除了自己的言语之外不肯说他种言语，在非洲森林中还要索果糕，在非洲沙漠中度圣诞节夜。因为没有圣诞树和梅子布丁，便责怪他们"仆欧"。他是这样地自信，这样地相信自己是对的，而且这样地自认合适。当他不是呆若木鸡的时候，他难免要有话可说，有所举动和姿态。一个英国人即使在打喷嚏时，你也能够预料他要有什么举动的。他会拉出手帕——因为他常常带一条手帕的——喃喃埋怨这严寒气候。而且你能够猜得出他的心中正在想着一杯牛肉汁以及回家用热水洗一次脚，这一切准确得有如太阳第二天早晨要从东方出来那样。可是你不能使他乱套。他那种兴冲冲的样子虽然并不十分可爱，可却是很动人的。实际上，他便是带了那种坦白和高兴去征服这个世界的；他能够这样子获得成功，便是他的最佳的证据。

在我自己，我便颇为这种兴冲冲的态度所打动，这种正是一个认为无论任何一个国家都是上帝所厌弃的（因为那里的人民不喝牛肉汁，而且在适当的时刻，不能抽出一条不可缺少的手帕的）那种人的态度。人们禁不住要看看他那副极度厚脸皮的后面，偷窥一下他的灵魂的深处。因为英国人是动人的，正如孤寂是动人的。一个人能够独坐在一个总会的聚会中而显出很舒服的样子，这种样子总是很动人的。

当然，其中一定有点什么的。他的灵魂并不是这样的坏东西，他的兴冲冲态度也不仅是一种装腔作势。我有时觉得英伦银行决不会倒闭的，正因为英国人都这样相信，它不会倒闭只因为它不会这样。英伦银行是很合适的。英国的邮局也是这样。制作者人寿保险公司也是这样。整个大不列颠帝国也是这样，一切都很合适，必然地很合适。我相信孔子一定会认为英国是一个适合居留的理想国家。他一定感到欣悦去看见伦敦的警察扶着老年妇人走过街道的样子，以及听到孩子们和年轻人对他们的长辈以"Yes，Sir"一语称呼。

中国也是一个极为合适而且极为相信自己的国家。中国人也是一种富于常识而且尊崇常识而蔑视逻辑的民族。中国人最不擅长的一件东西便是科学的推理力，这种推理力在他们的文学里面完全不能见到的。中国人的头脑很活跃，他们也像英国人那样，完全凭了直觉来达到一个真理，比英国人更敏捷些。中国人的心性惯于紧紧把握着生活的要素而把不重要的舍弃了。最重要的一点，中国人的心性具有常识和生活的智慧，它具有幽默感，它能够安然问心无愧面对着逻辑的矛盾。

那种智慧和幽默现在大都丧失了，那种我们古代生活的优良意识现在已经凋谢了。现代的中国人是一种放纵的、乖张的、神经衰弱的个人，由于中国民族生活在过去这一世纪的不幸，以及要使自己跟新的生活之道适应的耻辱，因而丧失了自信心，以致失去了他的确当的气质。

可是古代的中国是具有常识的而且有着大量的常识。中国最典型的思想家是孔子，英国最典型的思想家是约翰生博士，两人都是富于常识的哲学家。如果孔子和约翰生博士相遇，他们一定会同作会心的微笑。两人都不愿容忍愚蠢的举动，两人都不能忍耐无意识的事情。两人都会表现彻底的智慧和坚定的判断力。两人都会实行实事求是的方法，两人都会在复杂的理想上下功夫，而且两人对于仅仅的不矛盾表示极度轻蔑。孟子曾说过孔子是圣之时者；孔子曾两次说及自己，说对于他，是也可以，不是也可以。

奇怪的是，中国人崇拜这一位大师因为他是一个圣之时者——在中国这并不是一个可耻的名称——因为他对于人生的了解太深彻了，不能仅仅不矛盾便罢了。在外表上看来，对于他本来没有什么值得钦敬的地方。可是中国人对他的尊敬，远过于更显赫的庄子或更适合逻辑的商鞅或理论更透彻的王安石。关于孔子，除了他对于普通的东西的爱好之外并没有什么显著之点。除了他的一些陈腐论调之外，并没有什么特殊之处。他的最神圣的一件事便是他的伟大的人性观念。

比他更无趣味的人再也不会有了。要中国人才会崇拜这样的一个人，正如要英国人才会崇拜麦唐纳（Ramsay MacDonald）。麦唐纳的政治生活是按照英国人的态度力求其矛盾，那是一种伟大的态度。一个工党分子的麦唐纳有一天踏上唐宁街十号的石阶，嗅到它的气息，感觉到愉快。他觉得这个世界很可爱而安全，他便要努力使它更为安全。达到了这个地步，他便要像孔子那样，毫不迟疑地把他的工党主张付之东流了。因为孔子一定会赞成麦唐纳的，正如他赞成约翰生博士那样。伟大的精神正是这样地超越了时代相接触了。

欧洲今日所需的和现在世界所需的，并不是更多心智上的伟人，而是生活的智慧。英国人并没有逻辑，可是有的是中国式的智慧。一个人觉得因为英国在那里，欧洲人的生活一向较为安全，欧洲的历史的发展途程也更为稳健。一个人觉得可确信的事情少得很，看见一个人对自己这样确信实在是一件好事。

英国和中国的最大分别，便是：英国文化更富于丈夫气，中国文化更富于女性的机智。中国从英国学到一点丈夫气总是好的，英国从中国人多学一点对生活的艺术以及人生的缓和与了解，也是好的。一种文化的真正试验并不是你能够怎样去征服和屠杀，而是你怎样从人生获得最大的乐趣。至于这种简朴的和平艺术，例如养雀鸟，植兰花，煮香菇，以及在简单的环境中能够快乐，西方还有许多东西要向中国求教呢。

有人说过，理想的生活便是住在一所英国的乡间住宅，雇一个中国厨子，娶一个日本妻子，结识一个法国情妇。如果我们都能够这样，我们便会在和平的艺术中进展，那时才能够忘记了战争的艺术。那时我们定会晓得这个计划，这样在生活艺术中的合作，将要形成国际间了解和善意的新纪元，同时使这个现世界更为安全而适于居住。

美国人

在中国，人们听到关于美国和美国人的故事。它们大体上跟一个人在法国或英国所听到的很相像。美国是这样的一个国家，在那里男人们吃"热狗"（Hot Dog），女人们嚼橡皮糖，孩子们舔冰淇淋筒。然而，这个见解并不是指"有些"美国人是这样，而是指每一个男人都吃"热狗"，每一个女人总是不停地动着她的牙床，而每一个孩子手中总拿了一筒冰淇淋。

"那不是一个古怪的世界吗？"我们互相问着。其后我们又听到一百零二层的摩天大厦，汽车在地底像蚯蚓那样走着，火车在半空中飞驰，餐室里你只要投进去一只镍币，一盘烧鸡便会自动地跳上你的桌上，你无须举步便会把你送上高高的楼梯，警察都是六呎高的身材，女人一丝不挂地走动着。诸如此类的事情令人不能相信，可是都是真的，因为我们许多人都能够在银幕上看到这些东西。啊，美国！

　　比这更坏的，我们听见人们说，在美国人人都是守时刻的：一个美国人约好了九点钟，他一定会在九点钟时来到的；每个人都在街上匆遽走着，谁也不会耗费一分钟；整个生活的模型是像消防队那样组织起来，每一个人都像铁路那样，按照时刻表而动作。我们听到好莱坞的人都是很有钱、满足和快乐；在美国人人都是基督徒，美国革命的儿女们都是美国民主政体的监护者；黑种人每天都给人私刑虐杀，芝加哥的每一条街道转角处都有流氓藏匿着；在这个自由的国土里，人人都是歌舞狂欢；还有这个平等的国土里，每一个人都可以拍拍每一个人的肩膀……

　　所以我是带了惊异的眼睛来观察美国，可是，因为我是一个解事的人，我并不希冀得过奢，也不太少。那是我的一点长处。从科学方面说来，我相信每一件东西都是可能的，从人情方面说来，我相信许多东西是不可能的。在一切属于科学的东西，我发现那些事实并没有言过其实；可是在一切属于人类行为的东西，我坚信美国人跟中国人并没有什么不同。

　　我准备去接受那最坏的和最好的。当我发觉我自己并没有错，美国的妇人仍旧像中国人那样照料她们的丈夫的肚子，虽然她们从来没有听见过孔子这个名字，我是多么愉快啊。

　　我走进一家美国药房，开始看到美国人的人情。一家美国药房正适宜于作这种观察。它们有四个"C"：Cigars（雪茄烟）给男人，Chocolates（巧克力糖）给女人，Candies（糖果）给小孩子以及 Cough Drops（止咳药糖）给老年人。我看见男人买雪茄烟，女人买巧克力糖，小孩子买糖果，老年人买止咳药糖。我又看到女人和小孩子也许要比男人和老年人更愉快，可是他们确是比较他国的女人和小孩子更愉快的。

因为美国是女人和小孩子的国土呢。它名叫新世界，同时欧洲和亚洲都名叫旧世界。当你说起新世界时，你的意思不过是说，美国的女人是新的，美国的小孩子也是新的——他们跟欧洲的女人和小孩子不同；是女人和小孩子使美国成为一个新世界。

在美国，女人都有一个机会。给一个女人机会常常使旧世界的男子恐惧，尤其是一个亚洲人。"将会发生什么呢？"以保护女性为己任的男子总会本能地提出这个问题。如果你给一个妇人机会，譬如，如果你放任一个年轻少女走进那广阔的世界去，将会发生什么呢？

当我发现把这样的一个机会给与女人后，竟没有什么发生，我不由感到一点惊诧。她们分明是能照料自己的。我开始感到奇怪：我们在旧世界里的男子，为什么都要麻烦自己，去照料女人们呢？

经过了长时间的推想后，我自愿勇敢地承认这一点：女人不过是跟男人们相同的人类罢了。她们同样具有判断错误的能力，只要你给她们同样的阅世经验和接触；她们同样有能力去做有效率的工作和保持冷静的头脑，只要你给她们同样的商业训练；她们能够具有同样的社会眼光，只要你不把她关闭在家庭里；最后，她们也具有治理得好和坏的能力，因为如果用女人们来治理这个世界，她们至少不会比男人们在欧洲那样弄得更加糟。

　　我读到初期的女性主义者的著作，因而相信获得解放后的女人们是不愿结婚的，我发现女人们大体上是不会误信那种无稽的事情的。如果许多女人不结婚，并不是因为她们不晓得什么是好的。她们对于那件事，常识正多着呢。没有一个女人能够没有男人的爱而生活，同时仍旧是一个愉快的生物学的动物。

　　有些美国女子，尤其是那些著名的，她们受了欺骗，以致把婚姻的权利放弃了，把她们女性具有的使用各种手段去虏获一个男子的特权放弃了。我说，她们是受了一种生物学上说不通的哲学思想欺骗了。不管你们怎样说及在中国女人受到压迫，你们要记着每一个中国女人都结婚的。那便是说，在这个世界上每一个男子，由于上天的意旨和社会的创作，都要受到她管理。不管整个男性是多么崇高与有力地把她支配着，一个中国女人至少能够支配一个有肉有血的男子——这一个男子是上帝交到她的手里，要去继续她的捏塑和制造男子的工作。我们中国人有一句名言，男人是泥做的，女人是水做的。这意思是说，男人这样脏而重，女人这样轻而洁，便是这个道理，而且水渗透进去使泥捏塑成形。我认为《圣经》里的《创世记》应该加入一点中国色彩，重写一次：亚当是泥，夏娃是水，上帝仅仅捏一个粗糙未完成的亚当形状，吩咐夏娃把其余的工作完成。每一个女人跟男人结婚，不过是继续上帝未竟的工作，从上帝或他的母亲离开他时那个样子开始着手工作。现在聪敏的美国女子都认为这有玷她们的尊严。上帝不喜欢她们这样的态度，因此才以神经衰弱病和伶仃孤苦病来处罚她们。美国女子愈早些决定她们并不爱独居生活，她们便可快些获救。让她们跑出她们的特别优美的哲学之宫和独立生活吧，让她们把纯净的水跟他们粗劣的泥土混合吧，让她们把"阳"与"阴"联合起来吧，让她们面对那显明的真理——男人与女人只有跟异性和谐地补充才能达到他们的完全表现，然后才能获得真正的幸福。让她们这样做做，看看有什么结果，她们要再度发现一个古老的真理。这个真理旧世界的女人们好久前便已经发现了。

我对美国女人要说的是一句老套的话：不管用什么手段，出去找一个男人吧。潜在的意识已经死了——让我们恢复到简单意识到的真理吧。出去找一个男人，生儿育女，养小鸡与种萝卜。

现在我们说到美国民主政体基石的普通男人。美国政体属于一种高度浪漫类型的民主政体，以普通男人的地位来渲染女人的地位，渲染同时也给它的浪漫主义所渲染，那才真是渲染着。

马丹台·史坦尔（Madame de Staël）的浪漫主义，广大的，人道的，超脱国家观念的，情感的。普通男人的地位渲染着同时给它的民主主义渲染了。

要明了普通男人的地位，首先必须明了美国民主政体的性质。美国民主政体根本是基于"为最多数人谋最大幸福"这一个理想，因此，那代表着最多数的人的普通男人才出现了。

我也许错了，可是我相信，在美国有"最多数人"这一个理想，而不仅仅是"最多数人"这一个空虚的名词，才使一般人民体会到民主主义。因为只有在美国人们才会听到一个人能"出售一个念头"，而一个无线电广播的主持人能"收买一个艺人"。

普通男人是美国民主主义的基石，因为代表最多数的是他们而不是美国绅士，最多数的东西都是售给他们，无线电节目和影片也是为了他们而设——如果制造家不整千整万地把他们的出品出售并且为了千百万人而摄制电影，那么美国民主主义还成什么呢？

正是这样，在美国的民主政体里，我们会有生命而且大量地具有它，因为我们有大量的汽车，大量的杂志，和大量的无线电收音机。所以普通男人繁荣了，他过得好日子，而且他越是普通，他越是过得更好的日子。

因为只有在美国普通男人们，女人们，和孩子们才有机会去发现他们自己和他们的性能。对一切新的人总得优待些，你把一切放在这个美国民主政体的大锅子里——新的女人，新的孩子，新的医疗法，新的风尚，新的衣服，新的游戏，新的学校，新的机械，新的沙发床，新的爵士音乐——把它们一起搅混了烧煮。因为自己有一副爱实验的头脑，所以我急于要晓得再过五十年后，这一锅子里会煮出什么东西来。

我爱美国的什么

　　我们应该把这些一次写下来。这一来，一切会向一个外国作者提出的问题，都会有预备好的回答了。

　　这一切的爱和憎也许都是错了的。说不定住得久一点，我们的见解便会改变了，或甚至爱起我们以前所憎的，而本来喜爱的却要憎恶了。那些新接触到一些东西时的兴奋，那些第一次的印象，感觉迷乱，以及新奇的惊异，要把它们再获得是不可能的。我不须心理学家把习性律告诉我——说人类的心性一旦惯熟了后，善于忽视不谐合的东西，而终于把一切东西都认为合理的，因为已经习惯了。

　　同样的，我并不要证实我的爱和憎。私人的爱和憎，都是你无须举出理由的东西。它们不过是私人的爱和憎罢了。我喜爱某些东西，因为我喜爱它们。如果有人问起我为什么喜欢它，我的回答是："正因为这样。"

好，那么，我爱美国的什么，我憎的什么？（我在此要实行一下美国人的言论自由这一原则。）

在纽约，我最爱的是中央公园中的花岗石，它们那种峥嵘的韵调，跟崇山峻岭上所见的同样美丽；其次便是那些毛色光泽的栗鼠；第三，便是那些对于那些小栗鼠感到同样的兴趣的男男女女。我以为，像我那样对石头感到兴趣的人，一个也不会有——那些沉默的，永不变易的石头啊。

我喜欢嗅香肠面包（Hot Dog），可是我总是不喜欢跟我一起吃它的那一种人。我很喜欢喝一杯番茄汁，可是最恨坐在那周围是一瓶瓶的消化药水，一包包的清肠片，一盒盒的阿司匹灵，以及堆得山一样高的沐浴肥皂，海绵，电烘面包器，牙刷，牙膏，不脱色的唇膏和剃须毛刷的地方喝它。我喜欢在鲁易与阿蒙餐室的地下室里吃生芹菜和蜜露西瓜，或是在奈狄克饭店的露天食摊上吃一顿。随便哪一样都可以，可是如果我有法子的话，决不要吃那些汽水店里的午餐。在那里，踞在那些会旋转的圆凳上，我既不能像一个美食家那样以一种宗教的热诚去对付他的食物，又不能像一个高高兴兴自由自在的流浪者那样。可是只是一个忙碌的纽约人，在宇宙间竟没有充足的空间，把一条手帕舒舒服服抽出来。如果我要伸欠一下（正如每一个人饱餐一顿之后总要这样），我一定会仰翻跌倒。

关于无线电的一切东西，除了它的节目之外，我都喜欢。我一方面对于那种把优美音乐和艺术的享受带到家里来那种空前未有的机会感到惊奇，同时对于优美音乐和艺术的享受的比较空前未有的难得，感到同样惊异。我对于那些神秘的电线，线圈，开关，和真空管，以及那利用电线线圈和种种仪器从空气中把音乐收来的机匠感到无限地佩服；可是我对于那些最后给那神秘的电线，线圈，和真空管收得的音乐，却感到极度的轻蔑。美国人有的是恶劣的音乐，可是又有很好的收取音乐的东西。

我对于那种使欧洲丰富的音乐完全停止活动，惭愧地隐匿起来那种成功感到极度惊异。同样的我对于大减价的布告感到欣悦，这是无线电节目中最好的一部分，因为只有这一部分才是老实的。

我爱那甜美的布本克梨和香喷喷的美国苹果，以及那丰满的响亮的美国人声调，和一切富于活力，丰满而健全的东西。我恨那稀薄的蛤蜊汤和那种柔弱的曲调，以及那些壮健的美国大学生哼出那种硬装出温柔多情的声调，总是把"你"和"愁"两个字押韵。还有一切感染的，模仿的，制成的和定制的东西。

我喜爱那壮丽的美国菊花，正如中国的那样令人羡爱，我又爱第五街花店里的许多种类的兰花，可是我最恨许多花球的编扎法，完全缺乏有韵律的活气和别有风韵的对比。

我爱听在公园里，不怕尘污戏玩着的小孩子的响亮笑声，以及少女们吹着好听的口哨来唤栗鼠。我爱看见容貌姣好的年轻母亲推着婴儿车子走着，和独身的女子躺在草地上打瞌睡，她们的面孔给报纸略略覆掩了，这一切都表现出人生的欢乐。可是我不喜欢看见男人和女子同躺在地上，在别人面前接吻起来。

我爱那些黑人脚夫，信差，和电梯司机，无论在哪里，他们态度总是很好，眨眨眼睛带着笑容，可是我最怕看见那些板着面孔的黑人，戴着手套和覆鞋套，掮起文化的幌子到处走着。

我喜欢新英格仑州可爱的少女的微笑，说话音调很美妙，我不爱看见地底电车里的人们，下颚不停地动着，可是没有吐出烟来的样子。

我喜欢地底电车，如果要载我到目的地，它总是走得那样快。可是当我走得脚步最快时，却给穿高跟鞋的金发姑娘赶到我的前头，我便要觉得惭愧。天啊！她要到哪里去呀？

我喜欢早晨坐地下电车时所见到的男男女女，他们饱睡之后，眼睛现出柔和的样子，面孔上喜气洋溢。可是，在下午乘车时，我便觉得很不舒服了，那时人们的面孔皱痕深深显露出来，眼色严厉，面孔绷紧。

有时我瞥见可爱的宁静的面孔，庄重的面孔，以及有生气的面孔，接着不谐合的情调来了，于是他们便过去了。留下我立在一群双目灼灼，下颌突出，开口便说起要成就什么伟业，说起话来没有一点好声气的人们中间。

我又见到中年的主妇们从杂货店挟了一包包的东西回来，一路滔滔不绝地谈着生活的实现，谈得很有味，看到她们时使我感到快适，因为使我记起中国来了。有时我会见到一个可爱的，忧郁的，孤独的少女，没有人跟她谈话，我希望我能够看透她的灵魂深处的幽情。

我看到朱颜白发的老人，我怀疑他一定跟我那样地正在浏览着人类之潮。接着，我却惊异地见到别的老人，他们总是埋怨着老，总是露出他们的精神仍旧很年轻的样子。

我常常觉得很有趣，即使在美国，男子也不常常立起来让座给女子。可是当我看见一个老人要立在那里，我便觉得愤怒。

我认为五个孪生女是一件稀奇的事情，可是看到她们是这样地被人利用来赚钱，却感到惊诧了。我钦敬林白夫妇，看到摄影记者怎样缠扰他们，不禁替他们叫苦。我是美国民主主义的信徒，对于人民的权利和自由感到热心。可是我感到惊异，美国宪法中竟没有增加一条保护每一个美国公民不受摄影记者和新闻记者的骚扰，保证他们有隐居的权利，只有这一种权利才使人生值得过过。

我钦敬美国的高尚人士，然而却替他可惜，他对自己的教养和较佳的见解会感到惭愧——我替他可惜，他拘于成见，保持缄默，深恐跟普通人有异。我明白，可是却也感到惊异，美国的政治舞台上，高尚人士几乎完全绝迹。

我对美国的民主政体和信仰自由感到尊敬。我对于美国报纸批评他们的官吏那种自由感到欣悦，同时对美国官吏以良好的幽默意识来对付舆论的批评又感到钦佩。

我常常对于美国商业上的客气和尽量使用"多谢你"这句话而感动。可是我常常对于"啊，是吗？"一语觉得好笑，因为这是把说话者的缺乏智慧隐藏起来的一句老套语。

我喜欢在黯淡灯光下进餐和在优秀的美国人家中的幽静的宴会，可是每次参加"考克台尔"宴会（Cocktail Party）回来时总是弄到精疲力乏，因为在这种宴会中，体力的活动达到最高度，智力的活动却极度减低。在这种宴会中，你要跟一个不相识的人谈起你不感到兴趣的题目，正如搭错了十次火车，一连十次从曼赫顿车站回来，在完全白费，毫无目的地活动了一小时后，终于在本雪范尼亚车站下车。

一个"考克台尔"宴会是一个地方，在那里你学会一面向着你的右边的房间的人挥手，一面微笑跟你的左边的人招呼，一面要对着你的面前正在跟你谈着哲学的太太，说着："啊，是吗？"

我对于肉汤巨子，猪肉大王，和鬃毛女刻意把整座英国和法国的城堡，片砖只瓦地搬到美国来那种雅致颇能体会到，可是，对于仿工厂式样而建筑的办公房屋，和仿办公房屋而建筑的住宅却另有见解。事实上，在纽约城里，我只看见商业巨头在工厂建筑内做事，男男女女都住在办公房屋里，可是从来没有看见美国家庭住在住宅里。

我佩服美国人的爱好古旧家具和地毯的心情，可是，对于他们的家庭里，克罗咪（Chromium）代替了木的地位却感到痛惜。克罗咪的家具对于家庭太过寒冷，对于灵魂太过坚硬了。在我看来，白金发女郎，克罗咪家具的家庭和铁皮罐头的灵魂这三者之间是很相似的。

我对于 Servidors，电器冰箱，真空扫尘器，以及自动楼梯这些东西感到很高兴，可是我最恨看见一张床从一道似乎是衣柜门那里落下来。我喜欢节省劳力的器具，可是痛恨一切节省地位的发明。

美国人的房屋是从有烟囱的小木屋发展出来的，其后改变成公寓式的住宅，其后又变成了旅行汽车。旅行汽车是美国人家庭公寓式住宅的合理发展，因为曾有人替公寓下定义，说它是一个地方，家里的一些人在那里等待那给家里别的人坐了出去的汽车回来。所以，为什么不造一辆大些的汽车，使全家的人随时可以住在那里？美国人如果不小心，他们不久便要住到用板隔开的饼干箱里了！

中国人与日本人

　　在远东所发生的事情鲜明地显出中国人与日本人之间的大歧异。如果我们想相当准确地去预测中日这场好戏的未来发展时，我们必须明了这种种歧异。

　　日本与中国同为种族的实体，它们不愿给人贴上一些标志或公式便服帖地给放在一旁。种族的特性是一种极度复杂的东西。有时甚至在同一个民族中会发现矛盾的特性，因为这样的特性是那些不相同的潜势力之流，在那个民族的历史上，在同一个时期或不同的时期里的产品。

　　一个最令我大惑不解的现象，便是日本人和中国人的幽默感之歧异。在艺术及文学方面，日本人显出很优秀的幽默感，他们有一种独出心裁的幽默文学（如"理发店闲谈"及"浴室闲谈"）。这种文学，即使不能胜过中国人的幽默，至少也能够跟它相比。然而在行动和民族生活上，日本人似乎难免跟不懂幽默的德国人相似——他们都是拙劣的，笨重的，愚蠢地跟逻辑相合，而且无可救药地官僚化起来。在另一方面，中国人在日常生活中，正是懂得幽默的人民，然而，在他们的古文里，那静静的笑声和哄堂的大笑似乎很难得见。

那么，这里，我们可以看到在同一个民族里的矛盾，在这个事例中无疑是由文学的传统说明了。困难的一点是：一些事物当接近地观察起来常常不会是简单的。只要想想清教主义（Puritanism）的本家，却是那以哈佛大学代表的广大的学术自由的产生地！

我们既然知道要提防把事情太过容易一般化起来，让我们来看看中国人和日本人的种族上的特点，观察它们的异同吧。因为中国人和日本人歧异到足以使他们成为不和的邻居，同时他们也相同到足以增强他们互相的憎恶。正如美国人跟他们的英国人表亲一样，我们不喜欢看见我们太相似了。可是，那是人生之美呀：在歧异之中发现类同，在相同的东西里发现繁复的分歧。我并不是说日本人在种族上跟我们有关联，日本人的言语甚至不是属于印度支那系统里的。首先，让我指出这两个民族的相同之点吧。在许多显明的文化情况上，日本跟中国是相同的，因为日本本来是中国的一个颇伶俐的生徒呢。一直到现代，据我们所知的日本文化的整个结构，基本是中国的以及从中国输入的。

中国给与日本的东西，包括：陶器、绘画、丝、漆器、印刷、写作、铜币、纸窗、灯笼、爆竹、祝火、佛教禅理、宋代哲学、儒家的君主政体、唐诗、茶艺、试泉水、艺花、亭，以及假山。中国又把她的大部分节日给与日本，例如，正月的十五，七夕，以及重九。至于欣赏萤火一事，是否中国传授给日本，我却不大清楚。

中国确曾指导过日本怎样训练较佳的主妇，养成她们更有礼貌，更加温柔，比较中国女子更为热诚。唯一的一件东西，中国人不能传授，日本人也不能吸收的便是道家哲学那种"无为"思想。日本人身体上并没有道家的血液，我们从教育哲学上知道，要从一个人的身上提出他原本并不具有的东西是办不到的。这一点的结果，便是日本人与中国人之间的最可惊异的歧异。因为，一方面日本人是圆满论者，而中国人却是一个听天由命，随遇而安的民族。这样的歧异的含义是很广的，尤其是在一个工业时代里。

日本人在过去从中国学到的东西，有些做得很好，有些却不成。在他们整个历史里，他们没有产生一个哲学家。可是在许多别的东西上，他们能够跟他们的师长竞争，常常还胜过他们的师长。在艺术的领域里，包括诗歌绘画，莳花，以及房屋装饰，他们本质地获得中国的精神，而且当中国已经忘记了时，他们仍然能够保持着，在许多例子上，并且创造出他们自己的风格和派别。在这东方艺术的领域里（概括地可以说是对于一刹那间的诗意的领略以及对于普通地方和人生的细微事物的美点的领略），日本人也有他们独擅的地方。那种十七字俳句的发展（用以表现或仅仅提示一种情绪，一种情感），便证实了他们的优长。

不要拍那苍蝇；它正在搓着它的手和脚呢。

或如：

一只青蛙跃入一个古老的池塘里的声音。

那正如中国的诗歌里所表现出的中国人的情感那样，或者甚至更丰富些。

在幽默故事或随笔的发展上，正如我已经说过，日本人完全无须模仿中国人——例如，在一段旅行随笔里所创造出的一个人物，在这篇东西里，那个无赖汉在一顶轿子的坐垫下拾起一串铜钱，他一声不响便把它收藏在衣袖里，然后大模大样地拿出来替他的朋友们付酒资。

这种幽默在日本人的卡通（Cartoons）里也曾发现，关于这种东西，他们具有八百年丰富而复杂的传统，现在又在他们的著名的木刻中表现出来。在卡通、随笔以及木刻里的情感，仍旧是对于日常生活中的普通人的平常作为的敏捷感觉——两个下棋的人是这样地聚精会神，一个孩子竟能把一些东西放在其中一个的头上，而他却不觉到，或是一个可怜的书塾的教师，无意中给在戏玩中的小学生的皮球打中了他的头颅时，面上那种表情。日本的艺术家最喜欢便是这些东西，在那方面，他们比较中国的艺术家更富于中国气味。

当日本人能够这样优美地了解，感觉，以及表现出我们心中的情感时，我怎能够不对日本人的艺术意识和诗意感到钦佩呢？首先，他们了解简朴之美，那种简朴之美很可以从日本人的居室内见到，等于中国人的"明窗净几"这个理想，而且又可以在他们喜欢把不加油漆的木器的表面揩拭得很洁净这一点见到。

如果要用几个字来表达出日本人与中国人的不同之点，我要说日本人缺乏明理精神，缺乏广大的眼光，缺乏和平主义，以及中国人的民主观念。这些特性是联结在一起的。日本人有的是较中国更大的对皇帝和国家的忠心，更严格的纪律，更大的生活下去的决心，以及——这里是一个惊人的结果——更墨守礼法。日本人比较忙碌，可是中国人比较智慧。

我有这样的见解，也是因为我是一个中国人，我觉得当你要探求深邃和创作力——一个伟大民族的文化工作的最后的试验，日本人在这一方面的成绩却很令人失望。然而，一个民族并不需要深邃和创作力才能生活下去，因为世界上尽有许多人缺乏深邃和创作力，可是却生活得很顺适。我所说的是关于那些文化上的较奢侈的现象。在艺术上，有一种现象便是：许多日本人的东西是可爱的，而很少是美丽的。日本人了解精巧这一点，一种褊狭的精巧，他们也许要比任何的国家更为了解小型的，细小的，轻的，极小的东西的美点，可是我仍旧要在他们的艺术里找寻一种对神秘的深邃和伟大的感想。据我的一般印象看来，一切都是像他们的木屋那样轻浮而不稳固。

这个"明理的精神"一语——那精神上圆熟之母——究竟

能解释上面所举出的异点吗？也许它能够的。日本人的好战精神，日本人的决心，日本人对皇帝的热烈的忠诚，以及日本人的高度的民族主义，便是缺乏明理精神的表现。一个明理的人决不会好战的；一个明理的人决不会坚决的；一个明理的人决不会狂热的。

中国人太明理了，所以不会好战；太明理了，所以不会坚决；太明理了，所以不会赞成任何一种热狂；而且太明理了，所以不会成一个十足完美的人。中国言语中，两方面争执时最动人的一句话便是："这个有理吗？"承认不合理的一方面便已经是失败了。

例如，这种明理的精神调和了中国人的墨守礼法观念，调和了中国人对女子的态度和对君主政体的态度。一般人假定中国人交际时是很拘礼的，这种假定是极端错误的，所以会这样子。是因为外国人从中国的一些客套的称呼推论出这一些夸张的见解，事实上这种称呼在中国人看来毫无意义，因为它们不过是一些客套罢了。

事实上中国人是我所知的人类中，生活之道最为自由的民族——最自由是因为他们是最能随遇而安。他们讨厌日本人喝茶时那种墨守礼法。日本女子现在仍然在他们的现代女学校里学习怎样合度地鞠躬和低头徐行。现在试试去教中国女子怎样鞠躬吧——简直难以想象！

中国人轻视女子，可是，至少当他们看见日本做丈夫的带歌妓回家，要他们的妻子来款待她们（日本做妻子的总是乐于听从），他们会认为是不合理的。中国的妇女也不像日本的妇女那样，对男子称呼时，用另一种自抑的言语，日本妇女甚至做母亲的对儿子说话时也是这样子。

所以，儒家所主张的女子顺从男子，平民顺从贵族，以及人民顺从皇帝的制度，在日本实行得很严格，可是在中国却从来不会这样。日本人对皇帝的崇敬，在中国人看来只觉得是一种热狂心理，一种热狂心理无疑对于民族力量有功效，可是，它成为可能的原因是由于缺乏思想。日本产生一个武士阶级，在中国却不会产生。结果，甚至在中国的君主政体下，精神仍旧本质地是属于民主的。

令人惊异的一件事是：虽然经过了二千年的历史，幕府的变迁是这样频繁，日本却有一个继续不断的皇朝，同时中国已经有过二十多个朝代。甚至在诸侯争雄战乱的时代，例如一三三六至一三九二年及一四六七至一五八三年这两个时期，日本皇帝的权力已濒于消灭，皇族系统和皇朝的宝座却始终安然无恙。总之，日本的皇帝是一种半神圣的人物，这种特点中国皇帝从来不会有的。中国人太富于明理精神，决不会承认这样的一个人物。中国的历史学者推定出一个理论，认为皇帝都是受命于天，统治天下，他一旦统治不善便是放弃他的权利，这一来，叛乱便成为合理的了。这种思想在日本要被认为是"危险思想"的。

不久前，一个日本大学的政治学教授，曾发表过一个震动全国的论调，他认为"皇帝是国家的一个器官，而不是国家本身"。

据我记得，这个教授后来终于要撤回这句话。这样的思想简直是中国人所难以想象的。

这一点便解释日本这一个民族的团结力。日本是一个比较有秩序，比较有纪律的民族，这一点是毫无疑问的。要是对一个中国人说起团结的利益和纪律的美德，他便要掩口窃笑了。

你不能使一个旷达的个人成为一个优秀的公民。照现在的世界那样地组成，民族间的冲突这样剧烈，说不定有十全十美的人和一些头等爱国者，总比较有一些过着合理生活的明理的个人更好呢。中国人最后说不定会跟这种见解适应。可是他们这样做，只是对于这个他们不幸生于那里的世界的一种让步罢了。你必须费许多唇舌才能使中国人相信民族伟大的美点。你可以叫他观看一场热闹的游行，或是观看一队令人生畏的舰队，他会承认这是美丽可观的。有一队舰队来看，那是一件很好的事情。

所以我认为日本人很适合变成一个好战的法西斯民族，像机械一般地动作，中国人却很不适合。困难的一点便是中国人的个人太会思想了，你决不能把一些会思想的个人，构成一个法西斯的民族，用着"鹅步"走路。人类用"鹅步"走路，总是没有意思的。

我以为思想统治在日本简直是多余的，因为一切日本人无论如何都是同样思想的。

这一点便说明了我所说的中国人的较大的明理精神，广博的观念，较大的民主思想以及和平主义是什么意思了。中国人究竟推翻了他们最后的一个皇朝，可是日本的皇帝显然要永远继续下去。至少，它在理论上已经继续了差不多二千年了，一直回溯到太阳女神的时代。

要轻视现代的日本是不中用的。日本的突然飞黄腾达，成为一个世界上强国，并非一件偶然的事情。民族团结力、纪律、组织的能力、改作的（也可以称为模仿的）能力、勇武精神，以及强大的劳作能力——这些都是重要的特点。要显示出日本具有真正的民族力量，更切当的也许是指出她每年出版的书籍超过美国和英国，只逊于俄国和德国。

可是，由于缺乏"明理的精神"，缺乏圆熟、机敏，以及自由批判精神的缘故，现代日本却也有她的危机。日本已经用"鹅步"步伐走上各民族的前列，可是踏步时也用"鹅步"，未免太疲乏了，永远地用"鹅步"步伐而不稍用思想是危险的。

日本无疑已经达到前列。我认为她达到这个地位，纯粹是由于性格的力量，可是没有什么思想。明治天皇的维新，便是用"鹅步"的步伐，使日本变成一个现代国家，当你把现代的、工业的、科学的，以及军事的利器，放进那些短小的富于团结性，并且已经有了一个封建社会现成的勇武、忠诚、民族性精神等等特点的岛国人民的手里时，会发生怎样的事情，这便是一个显明的例子。

日本把西洋的文化整个吞咽下去，它的军国主义，它的资本主义，它的民族主义，以及它的权力的信仰，把它加在一个封建社会上面，没有时间替自己思想。这一来，给她的文化一种机械的，缺乏幽默的，不近情的特点。这种机械的，缺乏幽默的特点，可以从日本税关人员和警察那种令人讨厌，爱好规律，以及极度严肃的态度，从军人的虚荣梦想，以及从"日本高于一切"式的对世界（包括大不列颠）的外交挑战的傲慢态度看到。

我想这种傲慢态度一定时常使西园寺公以及几个老年的政治家感到头痛。由于她的完全而不和谐的傲慢声调和态度，日本使自己投入一个国际孤立的地位，然后把法西斯的德国拉来做同盟者，连她自己也感到惊异。这样便证明了我所说日本人缺乏机智这一点。纯然信仰权力是不会有结果的。

我很抱歉地说，日本甚至连"武士道"这种可敬的精神也丧失了。我希望日本人会有更大的机智，而不至于要求中国人去压制那种由日本自己的行动所引起的完全自然的反日情感，并且有更大的机智，而不至于派遣战舰和轰炸机去消灭反日情感。日本人完全是抱了诚意希望消灭反日情感这一件事是毫无疑问的，他们的认真态度，使这件事显得很悲惨。他们没有明白，有些东西即使用轰炸机也不能消灭的。他们跟反日情感斗争时，不啻跟自然的动力和反动力斗争，跟自然斗争是愚蠢的。甚至大炮也不能跟自然斗争。

所以，结果是日本在中国所成就的正跟她所要做的相反。日本人性格上的最不愉快的一面，不幸在近日的日本支配着，而且在政治上握了权力——日本人性格的这一面是由军人代表了。日本的进步主义分子当然看到这种"跨在虎背"，趾高气扬，向着毁灭前进的愚蠢，而更安稳的结果也许会由较温和的方法而获得成功。

中日两国的接近，必需日本政府的内部发生变化，文治派领袖能约束军人，才可以想象到。这一点不成功，即使世界上最佳的战争机构也不能把日本从自然的动力和反动力拯救出来。

广田和孩子

一个孩童的中日外交指南：

孩子：爸爸，今天下午谁来喝茶？

广田：王宠惠。

孩子：王宠惠是谁？

广田：他是一个中国人。

孩子：爸爸，你跟中国人做朋友吗？你对我说过中国人跟日本人一半也跟不上。每天我的先生都对我们说了各种关于中国人的坏事情。

广田：你不要多嘴好吗？

孩子：我也可以参加吗？我想看看这个王宠惠。

广田：好孩子，如果你没有这种喜欢问人的坏习惯，我会让你参加的。可是今天，我们要谈中日关系问题。你不会明白的。

孩子：中日关系是很难明白的吗？

广田：很难。

孩子：为什么很难？

广田：我们想跟中国人做朋友，可是他们不肯跟我们做朋友。

孩子：为什么呢？他们恨我们吗？

广田：是的。他们恨我们比较恨欧洲人更厉害。

孩子：为什么会那样？我们对他们比较欧洲人更坏吗？

广田：你不要再把那条绳子在指头上尽管缠吧！

孩子：可是如果我们是他们的好朋友，为什么他们要恨我们？

广田："满洲国"呀。

孩子："满洲国"是他们的国家还是我们的？

广田：你又把那条绳子玩了。你把碎屑落在地毯上了。

孩子：你要怎样跟中国人做朋友？

广田：我们要借钱给他们，给他们一些顾问。

孩子：他们不是已经有了欧洲人的顾问吗？欧洲人也想跟中国人做朋友吗？他们要借钱给中国人吗？

广田：他们要借的，可是我们不许。孩子，你须明白：他们借钱给中国，便要控制中国了。

孩子：我们借钱给他们又怎样呢？

广田：我们借钱给他们是要跟他们做朋友，帮助他们。

孩子：那么中国人宁愿借我们的钱而不愿借欧洲人的了？

广田：不，他们不肯呢，除非我们强迫他们接受我们的帮助。

孩子：那太好笑了。如果他们不愿意要，我们为什么要强迫他们接受我们的帮助？

广田：不要把指头塞到嘴里。你还没有到牙科医生那里去呢？

孩子：好的。可是，爸爸，如果你是一个中国人，你会相信日本人吗？

广田：好孩子，你要晓得，我们以前并不真是他们的朋友。可是，现在，我们要跟他们做朋友了。我们要借钱给他们，我们要派顾问到他们那里，我们要在他们的国内执行警权，替他们恢复国内秩序。我们要使他们见到我国的"真"意向。

孩子：我国的"真"意向是什么？

广田：你这傻子！我已经对你说过了。今天下午我要使王宠惠明白我们真是要帮助他们。

孩子：王宠惠是一个傻子吗？

广田：你好大胆！他是一个很伟大的法学家，而且是一个很博学的人。

孩子：我长大起来会做一个王宠惠吗？

广田：你可以试试，如果你用功读书。

孩子：假使我是王宠惠，你要怎样把我国的"真"意向告诉我？

广田：那我会告诉你，我们要怎样借钱给你，给你一些军事顾问，并且在你的国内执行警权，使它恢复秩序。

孩子：爸爸，告诉我吧，你真的为什么要这样子？你不能让中国安安静静吗？

广田：你要晓得我们要想获得中国贸易的全部，把一切欧洲人从中国驱逐出去。我们可以出售许多东西给他们，他们可以向我们买许多东西。那是好的，因为这种大亚洲主义是很好的。我们必须获得中国在我们这一边跟俄国作战。我们没有铁，我们没有棉花，我们没有橡胶，如果我们不能把中国拉到我们这一面，要是战事发生，我们的粮食供给，还不够支持十二个月。我们必须在中国地方跟俄国作战。

孩子：你不把这一切对王宠惠说吧？

广田：你是一个外交家的儿子，我想现在你应该晓得这点。我们外交家从来不把我们的真意说出来，可是我们都得学会准确地看出别人的谎话。王宠惠是不必告诉他的。

孩子：真巧妙啊！可是你称它做什么呢？

广田：我们要称它做以维持亚洲和世界的和平，"共存共荣"为基础，实现中日合作的一个新纪元。

孩子：呵，真有趣啊！多么好听啊！你从哪里学来的？他们在学校里也教我们把坏的事情说得这样美好吗？

广田：学校里每天的作文课里便是教你这些东西。可是外交家是天生的，不是教成的。

孩子：啊，爸爸，你真了不起！可是，如果王宠惠和他的国人，都明白你的真意，拒绝我们的帮助，你怎样能把中国人的贸易夺过来呢？你要怎样呢？

　　广田：皇军自有办法。

　　孩子：可是这样子岂不是跟中国不友好吗？他们便要更加恨我们了。你喜欢皇军的办法吗？

　　广田：（很快地）嘘！嘘！不要给人听见。我想你还是到牙科医生那里去罢……不要尽把你的铅笔头和绳子抛在地板上！

　　（孩子从地上拾起他的绳子和铅笔头，把它们塞进衣袋里，走到室外去了。广田放心地吁了一口气。）

"无折我树杞！"

　　"无折我树杞！"不知怎的，这一句诗常常在我的耳边响着。这是我小时候所读的《诗经》里一首最可爱的恋歌的一句。在《天下》月刊读到一篇吴经熊博士的作品，我看到这首诗由 J. A. 卡本特译成了英文（卡本特的翻译曾由薛里尔·史各脱编成歌曲），很能保持原有的美点。下面的便是一个中国古代的女子对她的恋人说的：

> 将仲子兮，
>
> 无逾我里，
>
> 无折我树杞！
>
> 岂敢爱之，
>
> 畏我父母；
>
> 仲可怀也，

父母之言亦可畏也。

将仲子兮，

无逾我墙，

无折我树桑！

岂敢爱之，

畏我诸兄；

仲可怀也，

诸兄之言亦可畏也。

　　本来还有第三节，可是这两节已经足以表现出古代中国诗歌之生动活泼，简直有如英国的伊丽莎白时代的诗歌一样。

　　也许这句诗绕着我的耳畔的原因，是因为我的邻居最近曾折掉我的柳树。因为我有一所很大的花园，一所古旧的花园。它是我的祖先的花园，我们历代都住在那里。我的东北方的邻居是一个暴发户，他常常爬上我的墙头，不要脸地跟我的女儿调情。我看着他们像那首古诗里那样无耻地爱恋，结果把我的年代久远的柳树蹂躏折毁了，心中说不出的痛惜。事实上，他不特折毁我的柳树，甚至侵占了我的果园的东北角上一大块土地，正因为这样，我现在要写及他。

　　住在我的东北方的邻人是一个典型的小资产阶级暴发户。事实上，他正是暴发户心理的一个有趣例子。他的名字是杰姆斯·亚力山大·莱本。他发财之前，总是把自己的名字只署成杰·亚两字，可是现在却是杰姆斯·亚力山大了。然而，在他的邻居的我们的心目中，因为他的职业的缘故，只是叫他做渔人莱本。他们的西北方的邻居，苏菲亚，总是把密斯脱莱本叫做"渔人莱本"，这一件事很令密斯脱莱本夫妇感到烦恼。

渔人莱本总是领了他全家的人上教堂做礼拜。自从他发财后，他在教堂里买到跟 J. P. 摩根在同一排的座位。据我看来，我简直不懂他跟 J. P. 摩根在同一排祷告上帝到底有何乐趣，因为我注意到他在教堂里的时刻简直是挨着苦。密斯脱莱本很虔诚，又因为跟密昔斯摩根坐在一排感到很喜悦。他时时刻刻注意着密昔斯摩根的衣服，以及密昔斯摩根怎样去鼻涕。莱本这一家人乘坐他们的劳雷斯漂亮汽车上教堂，他们知道自己是新踏进上流社会的人。渔人莱本的一举一动都没有谬误，因为他购了一本社交礼节书籍，详细地反复读过三遍了。他在惊人的短期间，把全书熟记了，他的智慧是无可否认的，因为，事实上一个捕鱼人如果不是有真正的聪明智慧，是不会跃升到有财势的阶级上的。

渔人莱本只忘记了一件事，没有一个上流人会遵守一切的社交礼节的，所以渔人莱本的过分没有谬误的正确，反而显出他不是一个天生的上流人。有些事情，如仁爱、简朴、机警，以及敏捷等等是礼节书上所没有载入的，因此渔人莱本便也永远不会学到。他的举动是最正确无误但也是最恶劣的。因了那种他们努力装出分毫无谬的心情，以及密昔斯莱本过分喜欢炫耀她的首饰，反使她感到极度的不安，一部分因为她的新发的财，一部分因为密昔斯摩根很轻蔑她，而她自己也知道。密昔斯摩根对别的女人说，对于渔人的老婆的首饰，她还不觉得怎样，可是渔人莱本的高大礼帽和白手套她实在看不过眼，因为没有人戴了白手套上教堂去的。密昔斯摩根和别的老教民容纳他们，同时又不容纳他们，可是渔人莱本有一个方法在别人面前炫耀他的财富。他的漂亮汽车却也给别人一个真正的印象，虽然背后他们会轻蔑地把渔人莱本叫做"下流的东西"和"攀高的家伙"。

有一次他还跟 J. P. 摩根说笑。说笑本来是一种需要长时间的修养才会获得的本领。渔人莱本本来是有幽默的意思的。有一天，从教堂走出来，他拍拍密斯脱摩根的肩头，说："哈罗! J. P.! 你是 J. P.，而我是 J. A.!（杰·亚）哈! 哈! 哈! 多么有趣!"

密斯脱摩根只是冷冷地对他说一声："你好吗，渔人？"显然密斯脱摩根并不觉得好笑。

渔人莱本道歉了（世界上再没有像他那样有礼的人了），然后走开了，他手中的手杖挥动起来，也按照礼节书上的方法。你可以说挥摇手杖对于他不是一件自然的事情。"天啊!"密昔斯比亚斯每次见了这个样子，总要这样叹一声。

密昔斯莱本现在说英语了。她甚至学会了一句美国俚语："我老实对你说!"就是因为常常说"我老实对你说!"这一句话，使大家都感到汗毛凛凛起来。她从她的丈夫学到这句话，她的儿女又从她学到这句话，现在小莱本们也常常说着"我老实对你说!"这句话了。莱本这一家人身材都比较短小，这样子是很滑稽的。

这一切的结果，莱本这一家人所成就的只是受到大众的憎恶。

我们已经是数代邻居了。他是一个贫穷的家伙，以捕鱼为业，我们都是贵族的旧家。在我的父亲的邸宅那里，有一所广大的果园，园中遍植种类繁多的花树和果树。可是我们这一家已家道中落了，果园现在已荒芜了。虽然这样，我们一家人仍然很轻视莱本这一家，他们也知道这一点。几年以来，我的邻居一直便隔墙偷窥我们的园里，他的心中充满了贪念。现在他的儿子竟会有勇气向我那个住在园里东北庭院的女儿求爱。就是因为他对我的女儿无耻的求爱，所以他现在屡次侵入我的园里攀折我的柳树。

几年前他到外国去，后来竟神秘地带了大量的钱钞回来。正如一般暴发户那样，他便把旧日的住宅拆掉另建新的房子，并且开始埋怨空地不够了。在家里围炉坐着时，渔人的妻子常常跟她的丈夫讨论及他们的邻居的房子是怎样的，他们自己的住宅也应该怎样，才是踏上上流社会的第一步。"发奋经营"的精力呢？有的是！莱本这一家人都有这种优点。因此他免不了要贪婪着我的几百年的古园，尤其是对于跟他们相连的东北角上那些果树和花树。他们惯常在家里说我这个园子本来太大了，从那时起他们开始自称是我的好邻居，并且对我的女儿深切注意了，要我的女儿嫁给一个莱本家的人！

渔人莱本想获得我的园子，他知道这一点的。可是因为他根本没有好好受到教养，他很怕盗窃手段跟社交的礼节不合。他急于想盗窃它，可是更加急于要戴上他的高帽子上教堂去。终于他想出一个盗窃的方法，这方法除了他自己之外，人人见了都觉得好笑，因为这一个暴发户所没有而且并不装出具有的便是幽默感这一件东西。幽默是从自信心以及不认真态度才能获到的，而渔人莱本却要遇事认真。他不能忘怀的一件事便是他的"荣誉"，而且他是有名"敏感"的。当然，一个捕鱼人坐上了漂亮汽车，难免要敏感的。

侵占我的产业之举，是开始于风筝事件。渔人莱本未发迹以前，他从来不放风筝的。有一天他的一只风筝飞到我的园子上空，给树枝挂住了。正如他是一位社会上有身份的人，他走来对我说："你的树好大胆，把我的风筝挂住了！我必须把它砍下来。如果你自己不动手，我便替你把它砍下来。我老实对你说！"我的儿子让他去砍了，我年纪老了，无从干涉。

自从第一只风筝被挂住了，第一棵树被砍下来后，一连串的"风筝事件"便开始跟着发生了，因为那时似乎每星期都不免要有一只新的风筝放起来，我的另一棵树必须砍掉。我的竹篱被毁坏了后，我那种在篱旁的柳树被践踏了后，他总要从最后砍掉了的柳树那里放起风筝，因此风筝好像成了习惯似的，越来越挂得深入园里的树上去了。常常总是我的房子邻近的一棵树是最大的障碍。终于我的园子东边几乎完全给他占去了，现在他的风筝已经飞在我的东北院墙的上面了。可是他到处对我们教区中人说，我的树错了，他的风筝是对的，说那是我的树太大胆把他的风筝挂住，损及他的小资产阶级的尊荣，因此迫不得已要占据我的园

子的大块地方，以示对我的"惩罚"。他对于自己的"尊荣"很
为敏感，他甚至自己也信以为真了。所以，做了礼拜之后，当密
昔斯莱本对密昔斯摩根以及其他教民突然宣称她对我的"友谊"，
并且当我做邻居那样爱我，听见的人几乎忍不住要笑出声来了。

这件事发生之后，我想是去年春天吧，那个年青的小莱本开
始向我的放荡的女儿求爱，她现在住在我的东北边庭院里。有时
我觉得想对渔人莱本说："啊，不要折我的柳树！"或是把我的意
思对他说出，可是我是一个老人了，啊，有什么用呢？况且，有
什么关系吗？现在他竟擅自把道路更改，并且指定谁应该在东北
庭院中做什么事情，好像这是他自己的产业似的。他始终谈着他
自己的"尊荣"，他从不知道这个字在别人耳中听起来多么好笑。
自从他跟我的女儿这件事开始后，他对我的友谊比较从前更深
了，他更加向我热烈地表示善邻之感了。

我的儿子为了避免麻烦，便也回拜他，一有机会便向渔人莱
本表示他的友谊。常常总是在这样到莱本家中的访问中，我的儿
子受到严厉的拒绝。

"我喜欢你。"我的儿子会说，"你是我最好的邻居。"

"胡说！"莱本会答道，"你没有诚意！为什么你妨碍我的儿
子跟你的妹子的恋爱？你的友好的证据在哪里？"

"可是我确是赞成我的妹子的婚事。"我的儿子很认真地
答道。

"不会的！我不相信你们的人肯让你们的女儿跟一个莱本家
的人结婚的！"老莱本说。

渔人莱本是对的。当我表示"友好"时，我决不会"诚意"的。他的本能这样告诉他。

如果渔人莱本是一个坦白的盗贼，他就会说："如果你把你的房子给我，我便相信你的友谊。"可是，因为他是一个暴发户，最怕在社交上有错误，他并不这样做。可是我的儿子却很明白他的意思，他不特想要我的园子的东北角，并且想要我的庭园的内部。

所以莱本和我的儿子好像好朋友似的，常常手挽手地从教堂里出来，别人见了都觉得好笑。有子如此，何以为人呢？

动人的北京

北京之于南京有如日本京都之于东京。北京和京都同是古代的帝都，包围在它们的四周是一种香气，一种神秘，以及一种历史上的雅致，而幼稚的首都南京和东京不会有的。南京（在一九三八年前）和东京代表着现代，代表着进步，代表着工业主义以及民族主义；同时北京却代表着古老中国的灵魂，代表着文化和温和，代表着优良的人生和生活，代表着一种人生的调协，使文化的最高享受能够跟农村生活的最高美点完全和谐。

正因为这样，所以如果你对一个到过南京和北京的人，问问哪一个地方更令他喜爱，无疑他会说是北京。也正因为这样，一个人——不管他是中国人，日本人，或欧洲人——在北京住上了一年，便不会愿意到中国任何别的城市去居住。因为北京是世界上最宝贵的城市之一。除了巴黎和（根据风传）维也纳一度能够这样之外，世界上再没有一个城市能够像北京这样地在自然、文化，以及生活形式各方面适合理想的了。

在这里我并不要讨论日本占据北京的对与不对，并不要讨论
"挑拨"、"自卫"、"安定远东局势"，或日本军队之正义和爱好和
平等等问题。日本飞机每次抛掷炸弹和用机关枪扫射，同时散发
传单，坚称他们对他们的"爱友"的好感时，中国人民——好战
的中国人——不知怎的对那种友谊越加害怕，而且更不希望"安
定远东局势"了。可是你难得听见中国说起"自卫"，因为中国
没有一队海军可以驶进日本海。当她能够这样时，中国一定也要
轰炸京都的平民来保护她自己，并且认为在东京的日本军队是威
胁远东和平吧！中国军队在北京既然确是具有"挑拨"性质，而
且威胁亚洲的和平。所以我们现在并不要讨论它。

北京像一个伟大的老人，具有一个伟大的古老的性格。因为
城市正如人物一样，有他们的不同的性格。有些粗陋而鄙野，好
奇心重，饶舌好问；别的却宽容，大量，胸怀廓大，一视同仁。
北京是宽大的，北京是广大的，她荫容了老旧的和现代的，自己
却无动于衷。

穿高跟鞋的摩登少女与穿木跟鞋子的满洲妇女摩肩而过，北
京却毫不在乎。白须很长的老画师与青年的大学生，在公寓里对
门而居，北京也毫不在乎。

派克和别克牌子的汽车与人力车，骡车以及骆驼队竞赛着，
北京也毫不在乎。

在高耸的北京大旅馆后面的一条小巷，在那里生活进展得像

一千年来那样——谁管得着呢？洛基费拉基金所设立的协和医科大学旁边不远，便是那些古老的骨董店。老式的骨董商人吸着水烟在那里照着老法子做生意——谁管得着呢？穿着你喜欢的装束，挑选你喜欢的饭店，满足你自己的癖好，追求恋爱、美丽和真理，踢毽子或拉梵哑铃——谁管得着呢？

北京正如一棵伟大的古树，它的树根深入泥里，从土壤中吸取营养料。生活在它的荫蔽下以及依附在它的树身和枝叶上的是数百万的昆虫。那些昆虫怎能知道这棵树多么大，它怎样生长，它深入地下多么深，以及住在那边的枝叶上的是什么昆虫？一个北京的居民怎能描写北京这样古老，这样伟大的城市呢？

一个人从不会感到他懂得北京。一个人在那里住了十年后，在一条小巷里发现一个怪僻的老人，因而懊悔没有早些见到他；或是发现一个可爱的老画师，袒着肚皮坐在一棵大梧桐树下的竹椅上，手中挥着葵扇，梦也似的过着他的时刻；或是一个踢毽子的老手，他能够使毽子停留在他的头上的任何一处，并且落在他的鞋背上；或是一班使刀弄棒的人；或是一群学戏的小孩子；或是一个出身满洲王府里的人力车夫；或是从前清朝时代的一个官员。谁敢说他懂得北京呢？

北京是一个珠光宝气的城市，一个人类从来所没有见过的珠光宝气的城市。这一个珠光宝气的城市，有的是金碧辉煌的屋顶，有的是宫殿亭台，湖沼园囿。它是一件珠宝，由西山的紫色和玉泉的碧流镶砌而成，并且数百年的古香椿树俯瞰着中央公园、天坛以及先农坛里的人海。在城里有九处公园和三个湖沼，

就是名叫"三海"的，现在已公开给人们游览了。而且北京还有
那样蔚蓝的天色，那样美丽的月亮，那样多雨的夏季，那样凉爽
的秋天，以及那样干燥晴朗的冬季！

北京正如一个国王的梦境那样，有的是皇宫，贝子花园，百
尺的大道，美术馆，中学，大学，医院，庙宇，宝塔，以及艺术
品商店和旧书店的街道。北京正是一个老饕的乐土。它有的是几
百年的老饭馆，挂着烟熏黑了的招牌，还有剃光了头，面巾搭在
肩头的堂倌，他们的礼貌很周到，因为他们都是依照了旧日的传
统而训练，对于高级的京官素来善于逢迎。北京是一个对贫富皆
宜的地方，那边的商店都肯赊账给贫穷的邻居，那边的小贩出售
价廉物美的食品，在那边你可以坐在茶馆里，用一壶茶消磨整个
下午。

北京是上店里购办物品者的天堂，中国老旧的手工艺品很丰
富——书籍，字画，骨董，刺绣，玉器，景泰蓝，灯笼。北京是
一个足不出门便购到各种东西的地方，因为货贩会把货品送上
门来向你兜售。每天清早，小巷中都充满了小贩音乐一般的叫
卖声。

北京有的是静寂。它是一个住宅的城市，在那里每一个人家
都有一个院落，每一个院落中都有一缸金鱼和一棵石榴树，在那
里菜蔬都是新鲜的，而且梨子是真正的梨子，柿子也是真正的柿
子。北京是一个理想的城市，在那里每一个人都有呼吸的空间，
在那里乡村的静寂跟城市的舒适配合着，在那里，街道衢巷以及

运河是那样地分布，使一个人能够有空地一块做果园或花圃，而且早晨起来摘菜时可以见到西山的景色——可是距离不远却是一家大的百货商店。

北京是形形色色的——有的是形形色色的人。它有的是法律和不守法的人，警察和拥护警察的人，盗贼和保护盗贼的人，乞丐和乞丐的头脑。它有的是圣贤，罪人，回回教徒，西藏的喇嘛，算命先生，耍拳头的人，和尚，妓女，俄国和中国舞女，日本和高丽的毒贩，画师，哲学家，诗人，收藏骨董的人，青年大学生，以及电影迷。它有的是政棍，遗老，新生活的信徒，神智学者，以前是清朝官员的妻子，而现在替人当女仆的人。

北京有的是色彩——老的色彩和新的色彩。它有的是帝皇时代的宏伟色彩，古代的色彩以及蒙古平原的色彩。蒙古和中国商贾从张家口和南口领了他们的骆驼队来到，穿过北京的历史上的城门。它有的是许多哩长的城垣，城门口阔四五十尺。它有的是城楼和鼓楼，每天黄昏向居民报告时刻。它有的是庙宇，古老的花园，以及古塔。在那边每一块石，每一棵树，以及每一道桥都有一段历史和一个神话。

在一切的东西里，使北京成为适合居住的理想城市的，我要举出下面三件：第一，它的建筑；第二，它的生活方式；第三，它的普通人民。

北京城的历史发端远在十二世纪，可是它现在的形式却是由十五世纪初叶明朝的永乐皇帝所建——万里长城也是永乐皇帝所重建——具有真正的帝皇伟大色彩。还有一座南城，比较北城略小，从南城的南面最外面的城门，通到中心约有五哩的距离，穿越多道城门，直达皇帝的金殿。

在北城的中央是紫禁城，四周由护城河和城墙围绕了，城墙上覆了金瓦，城后有煤山拥护着，还有五座上覆五彩砖瓦的亭子。从煤山上面可以直接看到城的中心；附近便是鼓楼。在紫禁城的西面和西北面便是三海，那是皇室中人棹舟的地方。

跟这中心点平行的是两条阔大的街道，那是东城哈德门街和西城的宣武门街，每条街大约六十尺阔，在紫禁城前，把两路东西两面连起来的是天安门大街，阔度超过一百尺。外城南门外附近，在主要线轴的两旁是天坛和先农坛，从前皇帝总是在那里祷告天地，祈求丰年。

因为中国人的建筑美的观念是静穆而不是宏伟，又因为宫殿的屋顶的式样都是低而阔，又因为除了皇帝之外，无论何人都不许建筑超过一层以上的房子，所以整个的效果是一种极度宽广的样子。

沿了这条中央的大路看去，经过了多道拱门，一个人渐渐走近紫禁城的庞大城楼，经过了这道门后，那大理石的阶道一直通到中央的金殿上去。沿路游历者可以看到在碧空下面宫殿屋顶上金碧辉煌的屋瓦。

使北京这样可爱的还有它的生活方式。它是那样地使一个人能够获得和平与安静，虽然所住的地方接近热闹的街道，但一般人生活的代价低廉，人生却是愉快的，做官的和富人固然能够在大饭店内进餐，一个贫苦的人力车夫也能够花两个铜子，买到盐油酱醋，来做烹调的资料，而且还有几片香喷喷的菜蔬呢。不管一个人住在哪里，他的住所附近不远总会有一家肉店，一家杂货店，以及一家茶馆。

所以，你是自由的，自由地去从事你的学业，你的娱乐，你的癖好，或是你的赌博和你的政治活动。谁也不来干涉你，谁也不管你穿的是什么衣服。谁也不来向你询问。那就是北京的伟大和一视同仁的态度。你可以随便与圣贤或罪人交往，与赌徒或学者交往，与画师或政棍交往。如果你是羡慕帝皇的，你可以在皇宫和金殿上徘徊一个早晨或下午，幻想你自己是皇帝。

可是如果你是有诗意的，你可以随意在城内的九个公园内的茶桌上消磨一个下午，坐在竹椅上，或躺在香椿树下的藤椅上，所费的只不过两角半钱。而且你决不会受到那个总是和蔼有礼的侍者的侮慢。

或是在夏天的下午，你可以到什刹海去，一半是田亩，一半是莲塘，在那里你可跟做劳作的人，一同享受他们的悠闲生活，一同看着卖拳头和变戏法的人。或是你可以走出西门在通到颐和园那里的官道上的清凉柳树下踱着。

在你的四周全是村落和麦田，叫化的小孩子全身赤裸着，他们在路旁游玩时也想得到一个铜板。你可以跟他们交谈，或是你故意闭上眼睛装着睡了，倾听着他们的音乐般的声音，在你的身后慢慢消逝了。或是你可以到西门外的动物园去（以前这是满洲贝子的花园）。或者你可以在那从前给欧洲兵士焚毁了的圆明园中的意大利宫的废墟中散步，你再也不会看到更凄凉而孤寂的景象了。你是站在上帝的前面了。

走过颐和园时，你可以在那里消磨一整日，你经过一些诗意的美景直到你走到玉泉时，它的石塔向你招呼，在那里你可以消磨另一个悠闲的下午，把你的双足放进那翠绿的潺潺流水里。或是走得远一点，你可以到西山去，在那边过一个节季。

然而，北京最大的美点却是普通人，不是圣哲和教授们，而是拉人力车的人。从西城到颐和园去，距离大约五哩，每次车资大约一块钱，你也许认为这是低廉的劳力；那是对的，可是，那是没有怨言的劳力呢。你对于那些车夫们的愉快心情要感到奇怪的，他们一路互相滔滔不绝地说笑和笑别人的倒运。

或是晚上你回家时，有时你偶然碰到一个年老的车夫，穿着褴褛，他会把自己的贫穷潦倒的命运向你诉说，然而说得很幽默，优妙，显出安贫乐命的样子。如果你认为他年纪太老不好拉车了，想走下车来，他一定坚持拉你回家；可是如果你跳下来，却意外地把车钱全数照样给了他，那时他便要感激涕零地向你再三道谢了。

上海颂

上海是可怕的，非常可怕。上海的可怕，在它那东西方的下流的奇怪混合，在它那浮面的虚饰，在它那赤裸裸而无遮盖的金钱崇拜，在它那空虚、平凡，与低级趣味。上海的可怕，在它那不自然的女人，非人的劳力，乏生气的报纸，没资本的银行，以及无国家观念的人。上海是可怕的，可怕在它的伟大或卑弱，可怕在它的畸形、邪恶与矫浮，可怕在它的欢乐与宴会，以及在它的眼泪、苦楚与堕落，可怕在它那高耸在黄浦江畔的宏伟而不可动摇的石砌大厦，以及靠着垃圾桶里的残余以苟延生命的贫民棚屋。事实上，我们可以为这个伟大而可怕的都市唱一首如下的颂歌：

啊，伟大而不可思议的都市。为你的伟大与不可思议三呼！

为了那以它的生着青苍的皮肤，与僵硬的手指的肥头胖耳的银行家著名的都市三呼！

为了那抱的肉、跳的肉的都市，以及吃人参汤、燕窝粥的胸部平坦的太太们——虽然吃着人参汤、燕窝粥，却仍旧是贫血而无生气的——都市三呼！

为了那吃肉睡肉的都市，那些生着笋足柳腰，脂脸黄牙，从摇篮到坟墓像猴子那样的"嘻嘻嘻"过一生的太太们的都市三呼！

为了那跑着的肉，叩头的肉，那些侍奉着皮肤青白，手指僵硬，肥头胖耳的银行家和那脂脸黄牙的抱的肉，跳的肉的那些滑头滑脑的旅馆茶房的都市三呼！

你真是伟大而不可思议的！

在夜深人静的时候，我们现出一幅你的畸形的图画：在那浑得比黄浦江里的浑水中的浑鱼更浑的南京路上的车水马龙中，我们又想到你的伟大；

我们想到你那便便大腹的暴发的商人，不管他们是意大利人，法国人，俄国人，英国人或是中国人；

我们想到你的按摩女子，裸体舞女，赌大王茹西亚，以及你的四马路的妓院；

想到你那下野的道台，土匪，知县，与督军，戴着玳瑁边眼镜，留着八字须，用他们搜刮来的膏脂报效妓女，但几个月的报效之后，发现他们的垂爱遭了拒斥，他们的饥饿的色欲依旧没有达到目的；

想到那些道台与督军们的，帮着他们花掉他们那不义的造孽钱的愚昧痴笨的公子；

想到你那有钱的堕落的鸦片烟鬼，他们坐了派克汽车接一连二地在街上驰骋，用着狠巴巴的吃得饱饱的俄国保镖；

想到你的每天有自杀者跳进去的黄浦江，想到你那些舞女与断肠的青年男子们混在黄浦的混鱼堆里；

想到你那些旅馆里的茶舞室，那里碰来碰去都是庸俗，看见的也是俗气的衣饰；

想到你那跑狗场，在那里穿着袒胸夜服的白种女子同黄种人的店伙摩肩擦踵，高兴地与灰毛狗与红眼兔子混在一起；

想到你那在吃大餐坐汽车的闹哄哄中显得手足无措，目不暇接的暴发户，以及对旅馆茶房说起话来像一个少校一样的，用刀来吃汤的大富翁；

想到你那些学摩登的人们，学了几句"洋泾浜"，便洋洋自得，从不肯错过机会，向你说"Many thanks"与"Excuse me"的；

想到你那些女学生们把书包放在跨下，坐在黄包车上，穿着卷筒的短袜，戴着上面绣画着各种颜色的知更鸟与菊花的帽子；

想到你那些昂然而不客气的外国人，那么的昂然与不客气，使人一望而知他们在本国的身份——是那些生着一个无所知的头脑，但有着硬手脚与横肉的，他们有时更大加利用他们那硬手脚与横肉——

想到那些"大不算，小里钻"的人们，那些当人家不懂他们的乡音时感到大可痛心与受了侮辱的人们；

我们想到并且奇怪着这些事情，却不知道它们的来踪去迹。

啊，你这不可解的都市！你的空虚，你的平凡，与你的低级趣味是多么动人啊；

你这个下野的强盗，官僚，督军，与骗子的都市，充塞着一班尚未得发的强盗，官僚，与骗子的都市！

啊，你这个中国的安乐窝，在那里即使乞丐也是不老实的！

予所欲

希腊哥林多哲学家狄奥根（Diogenes），当亚力山大大帝问他对于这一位大霸主有什么要求时，他的回答是要求这位霸主站开一点让他可以晒点阳光。这个人是一个犬儒哲学者，他白天里提了灯笼出去找寻诚实的人。他无论冬夏，只有一件敝袍，在浴桶里睡觉栖身。有一次他得到了一只杯子，但一发现了他尽可以用手来捧水吃的时候，他便把它丢掉了。他在世界上是一无所求的。

狄奥根所代表的是与我们现代人的理想大为相反的。现代人的理想仿佛是以一个人的欲求与奢望来衡量其进步的；便为了这个缘故，事情便往往引起了一些可笑与许多彼此妒嫉等等的事情。那事实是，我们对于我们所真正要求的是什么也糊涂不清。现代的人对于许多问题都依然是茫茫然弄不明白的，尤其是那些对他自己最有切身关系的问题。现代的人是绝不肯放弃一点奢欲而存一点狄奥根的那种禁欲理想的，同时也决不肯错过一张真正好的影片。这便使我们有了一种所谓现代精神的"不安定"。

现在要把狄奥根批评得体无完肤，当然是很容易的了。第一，狄奥根所生活的是在地中海上的温暖地带。所以住在一个比希腊更冷一点的国家内，一个女人要一件皮大衣也不用害羞的了。第二，我就会看不起一个至少连二套衬衣（当他把一套送到洗衣作坊去洗的时候）也没有的人。故事书里的狄奥根也许看起来会有一种精神上的芳香，但是要跟狄奥根同睡一床可就两样了。第三，把那种理想教给我们的小学生也是很危险的，因为教育的最大目的，其中有一个便是至少教他们以一种对于书本的爱好，而书本在狄奥根看来又显然是不值一钱的。第四，狄奥根所生的时代还没有电影的发明，也没有"米老鼠"来调剂我们的人生。任何大人孩子，凡不关心"米老鼠"的又一定是一个低能而且对于文化无所贡献的了。一般说起来，这种人便是有着许多的欲求与愿望——那些欲求是生活在一个更丰富更完全的生活中，而不是那种随遇而安，对于他的身外之物不大介意的人。那些在伦敦的郊外走着的流浪者，并不爱好炉边安乐的，那一定是一个下等的，而不是一个更崇高的动物。

对于我们的真正狄奥根的可爱，是在于我们现代人所欲求的事物太多了，而尤其是我们往往不知道所要的又到底是什么。有一句老话：说每个社交忙碌的太太，疯狂地东奔西跑去应酬交际，不久便要感到厌烦。一个大富翁的女公子，她每年要在大西洋上来去四次，从巴黎赶到比恩爱（Buenos Aires）又回到李维埃拉（Riviera）及大西城，当然只是想自己逃避而已。而她的雄性朋友——我用了"雄性"这个词，是有一种动物的意义的——有许许多多的女朋友，甚至令他要在她们中间爱上一个也不可能了。这便是现代病，这使狄奥根有时对于我们比较起来竟像一个英雄了。

可是在我们顶明白的时候，我们知道狄奥根所崇拜的决不能是我们所崇拜的，我们知道在生活中的确需要许多东西，而这些东西都是对于我们各有好处的。一个知道他自己所欲求的人是快乐的。

我觉得我是知道自己的欲求的。这里所说的便是可以使我快活的事物。此外我更无所求了。

我要一间自己的房间，那里我可以工作。一间并不太清洁或太整齐的房间。没有好事的女佣拿拭布看见一样便揩一样。而是一间舒适，亲切而惯熟的房间。在我的长桌上方，挂一盏佛前的油灯，正像你在佛台或天主教堂里的神灵坛前所看见的那种。里面的空气中充满了烟气、书气以及其他无数气味。在桌子上方的书架上放几本书，种类很多，但也不太多——只是那些所能读的，或已读了再读而有所得的，与世上的一切书评家们的意见完全不同。没有冗长的不可卒读的，没有空论的，没有太冷酷板起面孔讲逻辑的。那些书是我所愿读而真正爱好的。我可以把雷伯拉（Rabelais）的书同《王先生与小陈》并读，把《堂·吉诃德》与《好爸爸》并读。一两本波斯·泰金顿（Booth Tarkington）的通俗小说，几本便宜的第三流的一折八扣小说，几本侦探小说。

我绝不要那些扭扭捏捏自描自写的东西。没有詹姆斯·乔易斯（James Joyce）也没有 T. E. 伊利奥脱（T. E. Elliot），我之所以不读马克思与康德的理由很简单：我始终不能读得下三页以外。

我要几件好看的穿过几时的绅士衣服，一双旧鞋子。我要可以随自己的高兴穿几件衣服的自由，虽然不能像袒裸而读古书的顾千里那样的所为之甚，但我在天气到阴处也有九十五度的时候，我总要在我的房里半赤着膊，而我即便在仆人面前也无所感到惭愧。我要在夏天洗淋水浴，在冬天有一炉融融暖火。

我要一个可以自由自在的家。我要当我在楼下做事的时候，听见楼上有我妻儿的欢笑，我在楼上做事的时候则听见楼下有他们的欢笑。我要像孩子的孩子，他们能同我一起在雨中游戏，他们全同我一样的喜欢淋水浴。我要一小块空地，在那里我的孩子们可以用砖块玩造屋子，喂鸡，浇花。我要在早晨听见雄鸡"喔喔喔"的啼声，我要邻家有高大的古树。

我要几个好朋友，同生活本身一样亲切的朋友，我不必对他们拘礼的朋友，能对我倾谈一切困难、婚姻，或其他私事的朋友，能够引几句亚里斯多芬（Aristophanes）又能够说几句龌龊笑话的朋友，在精神上非常丰富而生动地谈谈下流哲学的朋友，有他们各自的嗜好，对于人物有其自己的见解的朋友，有他们自己的信仰，但也能尊重我的信仰的朋友。

我要有一个好的厨子，他善煮蔬菜与美味的汤。我要一个年久的老仆，他把我当作一个大人物，但又不知道我伟大在哪里。

我要一间好的书房，几支好的雪茄，以及一个能够了解我而又能让我自由工作的女人。

我要在我的书房的窗外有几枝翠竹，要夏季的雨天，冬季的晴朗的蓝天，像我们在北平所有的那样。

我要本来面目的自由。

有不为

　　照中国文人的习惯，往往要择一个诗意的名称做他的斋名，我也为我的斋题了一个，叫"有不为斋"。这个名字相当的长，但比起另一个著名的斋名"仰观千七百二十七鹤斋"来，还不及它的一半。直接引起我的这个斋名的是一个一八九八年时的维新党人康有为。既是"有为"，那么另一方面一定有"有不为"。当然一切相反的东西本质上都是相同的。在基本上，康有为与我也十分相符，虽然我们的所论很不一样。因为我们有了一句孟子的至言，说唯有不为者始有所为。

　　我这个斋名还有一个好处，便是它有中国的文雅。它有"我无能为"、"我无所为"、"我乃无能为者"等等。因此，它是完全可以等列在其他的文雅名称中的，如"养愚斋"，与"古愚庐"或"藏拙山房"（这也许在大陆商场四楼）等等。

　　朋友们常常问我为什么要用这个名称来做我的斋名，而我所不为的大事又是什么。这是一个很难回答的问题。不但在我，人人都是如此。我委实不知道我所不为的到底有几件事，直到有人第一次向我提出这个问题，而我现在便在打字机前一一想起来。我本觉得我的这些"不为"是应该求上帝的宽恕的，但事实上我的不为倒确是我的长处，这些是总会使我上天堂的，且看吧：

我不请人题字。

我始终背不来总理遗嘱，在三分钟静默的时候也制不住东想西想。我从没有休过自己的老婆，而且完全够不上做一个教育领袖。我始终不做官，穿了洋装去呈献土产，我也从未坐了新式汽车到运动会中提倡体育。

我也不把干这些蠢事的人们当作一回事。

我憎恶强力，从不骑墙，也不翻斤斗，无论是身体的，精神的，或政治的。我连看风头也不会。

我始终没有写过一行讨好权贵，或博得他们欢心的文字，我也不能发一张迎合要人们心思的宣言。

我从未说过一句讨好人的话；我连这个意思也没有。

我不今天说月亮是方的，一个礼拜之后又说它是圆的，因为我的记性很不错。

我从不调戏少女，所以也并不把她们看作"祸水"；我也不赞成长脚将军张宗昌的意见，主张禁止少女进公园，借以"保全私德"。

我从未不劳而获而拿过人家一个钱。

我始终喜欢革命，但绝不喜欢革命家。

　　我从不享福或泰然自满；我在镜子里照自己的脸时，总不能不有一种逐渐而来的惭愧。

　　我从未打过或骂过我的仆人，叫他们把我当作一个大好老。我的仆人也不称赞我会赚大钱，他们对于我的钱的来源总是知道的。

　　我从不受我仆人的堂而皇之的敲诈，因为我不给他们有这一种实在的感觉，以为向我敲诈，便正是"以其人之道，还治其人之身"。

　　我从不把关于我自己的文章送到报馆里去，也不叫我的书记代我做这种事。

　　我从不印些好看的放大照片，把它们分给我的儿子们，叫他们去挂在客堂里。

　　我从不假装喜欢那些不喜欢我的人。我从不临阵逃脱，装腔骗人。

　　我极不喜欢那些小政客，我绝不能加入我有点关系的任何团体中去同他们争吵。我对他们总是避恐不及的，因为我讨厌他们的那副嘴脸。

　　我在谈论我祖国的政治时，绝不冷漠、无关及使乖巧；我也从不装得饱学，道他人之短，以及自夸自大。

　　我从不拍拍人家的肩膀，装得慈善家的神气，以及在扶轮社中受选举。我喜欢扶轮社，也正如我喜欢青年会一样。

　　我从来没有救济过什么城市里少女或乡下姑娘。

　　我从不感到犯罪。

　　我觉得我差不多是一个不比大家差的好人。如果上帝能爱我，有像我的母亲爱我一半那样，那么他一定不会把我送入地狱的。如果我不上天堂，那么世界一定是灭亡了。

看电影流泪

因为我看电影常常会流泪，所以我总喜欢坐在我旁边的人默默地抽咽着他或她的鼻子，或脸上带着一道亮光光的泪痕离座而去。我总认为这样的人是一个比较好的人。现在我老实觉得看电影流泪是一点没有什么可耻的了。这对于人是有许多好处的。且听我说来。

"你流过泪吗？"当我们看过了嚣俄 ① 的《孤星泪》的电影，从南京大戏院里出来的时候，我的妻子问我道。

"我当然流泪的咯。"我说道，"凡是看了那个打动我们全部情感的伟大小说而不流泪的便算不得是一个有充分人性的人，是吗？"

事实上，我是大大地受了感动。那天晚上我感到头痛，一

---

① 即雨果。

点事情也不能做。我玩了一会扑克，但也毫无兴趣，我输掉了四元二角半钱。

看一本好的小说，不论是电影或原书，而不应该流泪，这种无谓的话有什么意思呢？为了尊重起见，我且不妨引点亚里士多德与司马迁的话。亚里士多德说真正的悲剧精神是一种"泻剂"，是通利我们的情感的药剂。而我们的那位大史学家及文章家司马迁则说悲剧可以"平和血气"。如果一个大作家写了一部大作品，搬上了舞台，观众看了并不流泪，那么演员或观众一定是有点毛病了。大家都说流泪是可耻的，是没有丈夫气的。在某种程度上，在日常生活中这句话是不错的，如果一个人太容易哭或笑了，我们便要说他是一个弱者，一个在感性上与脾性上有所不平衡的家伙，或是一个稚气的白痴了——这些话也都是对的。但一个人难道没有应当深深地受了感动而流几滴眼泪的吗？在电影中，生活以一种更凝集的姿态呈现在我们的面前，以一种日常生活所没有的力量感动着我们。如果它不能使我们感动得流泪——如果不能感动我们这些驯良的，有纪律的，传统化了的，且又以我们的传统性自傲的人们，那么还说什么悲剧的通利作用呢？

伊萨多拉·邓肯曾把一个女人比做一件乐器，并把一个只有一个爱人的女人比做一件只被一个音乐家玩弄过的乐器。每一个大情人对于同一个女人可以拿她当做一个各各不同的情人。正如每个音乐家可以从同一乐器中弹出不同的曲调。每一种艺术工作无非全是在艺术家与创作的资料或工具间的一种反应，有时又是艺术家与读者或观众间的反应。因此，同是一幅画面，可以使一个人激起热情，同时又使另一个人漠然无动。不论是电影上或绘画上的画面，都是如此。观赏者愈是敏感，他对于这艺术作品的反应也愈大，比起别一些较少感受性的人们来，他在这画面中所感受的也愈多。同样是一幅黄昏的风景，可以使一个人感动得流泪，而对于另一个人，也许只不过是一幅普通的落日图而已。老练商人每每因不受普通的落日图所动情而自得——难道他也没有流泪的时候吗？——为了他的股票每日涨价一倍而高兴得流泪，或为了银行界与他断绝往来而失望得流泪吗？既是如此，那么所谓流泪就算是没有丈夫气或不该流泪等等，这些无谓的话又算得什么呢？

在事实上，有的人比别人敏感一点，正如提琴之分优劣一样。一件伟大的艺术作品是需要一个敏感的人去吸取其所能享受的感受的。一匹名马需要一个好的骑手，一支好的乐曲也需要一个能了解的音乐家或乐队指挥，他要能够从休倍脱（Schubert）的作品中领略到休之所以为休的全部柔和性，以及从勃拉姆斯与查考夫斯基的作品中领略到勃之所以为勃及查之所以为查的全部感伤性。在书与作家中，那情形亦然如此。每一个人对于一个优秀的作家领略，是绝对受着他的智力与感情的天赋所限制的。这一个人领略他这一点，那一个人又领略他的那一点，读者与作者之间有完全相同的反应这种情形我们极少看见，正如我们难得看见一支乐曲与一个天才乐队指挥的拟测之间有完全同情的反应一样。

不错，在这个人世间是委实有泪的，问题只是我们在什么事上流泪而已。世上有欢喜的泪，哀愁的泪，爱的泪，宽恕的泪，母子间离合的泪。有的人听了一个令人作呕的感伤故事会流泪，有的人则对于真正的美与仁慈流泪。但无论什么人，他感到要流泪的时候就尽管流他的泪吧，因为我们在未有理智之前本是动物，而流一点眼泪，不论是宽恕的泪，可怜的泪，或因真正的美而感到欢喜的泪，对于他总是有一点好处的。

米老鼠

　　我感到要使中国的读者们深信幽默是生活的一部分，所以不应该被摒诸严肃的文学以外，这一件事情委实是最难的了。这正如我要使他们相信孔子也是一个人，也总是爱开开玩笑，即使开开他自己的玩笑一样的难。

　　为幽默争取其正当的地位及其严肃性，还得向一种礼教的背景去做斗争，这也许是西方人士们所难以了解的。因为按照中国的旧习惯，除了一个小丑之外，没有人是应该公然说笑话的，而中国的一般报纸编辑先生以及政治家们更把这认为耸人听闻，并且认为以不正当的形式来缓和曲解他们的严肃的救国言论，是情所不许的。在伦敦《泰晤士报》的社论中或也有幽默的时候，但在《申报》的社论中就不会有幽默，这犹如西方的幼稚思想或浅见。但使一般中学生或刚从大学毕业后出来的青年们抱着这种见解的，有二种特殊的影响多少在鼓励着。第一，是宋儒哲学的传统，禁止一切小说与戏剧列入正宗"文学"，以至事实上所有中国的伟大小说其作者都不敢露名，这一点是要由这种传统思想负责的。第二，是现代新派的普罗文学的影响，这一种思想认为文学应当是政治的一种工具，且把一切非政治传统的文学都认为是无价值的。为了这个缘故，所以我得写下面的这一篇"米老鼠"的文章，来纠正一般浅见的批评家们。

　　一般说起来俨然像四十岁的人那样的中学生批评家们，当然是绝不肯用这样一个无聊如"米老鼠"的题目来写文章的。我想他们一定是连欣赏米老鼠卡通的能力也没有了。如果是这种情形，那么中国可真糟透了。在我个人，我觉得这种银幕上的动物化了的卡通正是人类最大的幸福，因为这一种艺术形式，有着一种他种艺术形式所不能有的特点：超越了时间与空间的限制，并且使一切人类的想象都能传达。正像电影以其较自由的剧本处理以及可以拥用大量的临时演员，从事大规模的生产而脱出了舞台的限制一样，这种动物化了的卡通也脱出了摄影机的限制。魔术的地毯可以自由在空中飞，鹳鹤可以把婴儿放在袋子里，把他们打烟突里抛下去，一队米老鼠的军队可以扛了枪开到仙岛上去，钢琴可以摆腿，时钟可以智巧地霎眼，"热狗"可以跳舞。从这上面把我们带到那无所不能的儿童时代的梦想世界中去了。因之，这种漫画，这种电影开映的时候，可以使我们人类的精神得到一种自由，并且把我们送入了一个魔幻的世界。我知道一般浅薄的中学生式的评论家们一定是把米老鼠认为荒诞无稽的；但我倒要告诉他们：当威尔逊总统在白宫里勉任巨艰的时候，他所爱好的舒散不是去看莎士比亚的戏剧或去听凡尔第的歌剧，而是在便宜的杂耍剧（Vaudeville）上去大笑一下来松散自己的。

我绝不是说文学应该仅仅是一种消遣，但我却极端反对只有社会主义的宣传才是文学的那种说法。我以为文学的作用，便是使我们带了一种更真的了解与更大的同情把人生看得更清楚，更正确一点。然而人类的生活是太复杂了，难以用任何一条社会主义的标语来加以概括或把它硬塞到一种主义中去的。把文学放到政治的仆从地位这种看法，必然因为限制了人类心智的自由创作，而把文学杀害了的。便是政治宣传，如果老是不断地颂扬着津贴这报纸的政治领袖的德行，那么它便也要失去效用了。文学最要紧是必须要打动人心，只要它把生活描写得真实。

我觉得这种滑稽画片对于人心是比之一本本的社会主义宣传更加有益的。我承认在过去二十年中我一直爱看这种滑稽画，而且现在对于这些的兴趣还没有完。"笨多拉"使我们感到高兴，而且也还正使我们高兴着，它表现了摩登少女的多变、柔情，以及拗强的精神。而在另一方面，《王先生与小陈》则能使我们觉到原始的人性，在这种人性之下，现代文化或任何文化是都有失去的危险。我想它所给与美国孩子们的影响无疑是健全的。因为如果不怕从三十尺的高处跌到地上，在头上跌出了一个大块，那么吉姆或哈雷当然也不必怕着他的皮肤了。这两个永恒的冒险家，如果他们的体格稍为不健全一点，以及他们的头颅与脊柱稍为弱一点的话，他们老早就要枉死了。可是而今他们依然好好地活着，嬉皮笑脸的，准备无数次的冒险，并且千钧一发地逃出了命。我不知道这漫画所教育给人的是一种什么社会意义，但让二十世纪的读者们天天知道从屋顶上跌下来不一定就会立时送命，以及一个脸上扎了绷带也不一定会使他难看的神态，我知道这是有点好处的。

但我尤其要劝我们的"普罗"评论家们每天早上仔细地去看看《好爸爸》(*Bringing Up Father*)。他们可以把其中的"吉格夫人"这人物当作是对于有产阶级势利鬼的无上讽刺，而吉格先生、丁脱·摩亚和他这一班人物则是鼓励无产阶级革命叛徒的最好的宣传。我这种想法是完全照了一般浅薄朋友的若有其事的看法的，他们甚至失掉了欣赏那特殊的滑稽画的能力，而这种滑稽画，只不过是玩笑的作用而已。在他们苦心着想救中国（中国是需要救的了）的大计间，让他们的头脑暂且离开那个大题目一回，且从麦纳斯先生的绘画中获得一点微笑吧——即便他们已忘记了怎样大笑的话。如果他们愿意，那么尽管让他们以宗教般的无产阶级的政治看法去看好了，但不必对着那些滑稽画咬牙切齿，因为它们到底不过是滑稽画而已。如果你以为吉格先生的雪茄是剥削的资产阶级的享受，就尽管不要去看它好了，但至少应该谦虚地向这些无聊的漫画学取一些人心的课程——第一是吉格夫人的势利，她的对于贵族名声的向往，她那对于歌剧的虚伪的爱好，她那对于时髦的奴隶性，她的生活中的完全自私自利；而在另一方面，则有可怜的吉格先生，他的心地是一个善良的无产阶级，总是满足着他的咸牛肉与白菜，并且在他的赌友丁脱·摩亚家里渴望着无产阶级的自由，可是却不幸地娶了那样的一个虚伪的中等阶级的老婆。

　　总之，我所能说的，便是，如果中国的青年失掉了欣赏《王先生与小陈》、《好爸爸》以及一张米老鼠卡通的能力的话，那么中国便完了。如果无产阶级一定要用这样一种态度来看人生，那么无产阶级文学便也完了，因为我相信孔子的说法，一切非人性的东西是不能长久存在的。

买鸟

　　我爱鸟而讨厌狗。这一点我是不算特别的，我只是一个中国人而已。正如一切的中国人一样，这在我也是很自然的。因为中国人对于鸟往往有一种偏爱，但当你对他们说起对于狗也仁爱一点时，他们便要问你了："你说什么呀？"我始终不明白为什么一个人要同一只动物去做朋友，去偎倚它，宠爱它。我了解这种对于狗的感觉的唯一的一次，便是在读 A. 蒙塞（Axel Mumthe）的圣·米契尔的故事时。他那叙述为了一个法国人踢狗而与之决斗的一部分，的确使我感动。我简直有点希望我也有一只忠诚的猎狗蜷伏在我身边了，但这无非是他笔头的魔术而已。那种同狗做朋友的焕然灿然的感情不久便在我心头死灭了。我一生中最恼人的时候，便是在一个美国朋友的客厅中，一只硕大的圣伯纳种的狗要来舐我的手臂同我做朋友，更糟的还有那位女主人在絮絮向我叙述它的家世。我那时候的神情一定像一个土佬儿了，只是茫然地向她呆望着，简直想不出一句适当的敷衍的话。

"那是我的一个瑞士朋友从楚里希带来的。"我的女主人说道。

"是，白太太。"

"它的母系方面的曾祖曾在阿尔卑斯的雪地里救过一个小孩子，它的父系方面的叔祖是一八五六年国际狗展览会的优胜者。"

"唔。"

我本来不是要失礼的，但我想恐怕是难免要失礼了。

我知道英国人爱狗。但英国人是什么都爱的。他们甚至爱大熊猫。

有一次我同一个英国朋友谈起这件事。

"大家说同狗做朋友，这些全是无谓的。"我说道，"你们只是爱护动物。但你们真是一个说谎者，因为你们叫这些狗去猎捕可怜的狐狸。为什么不去宠爱一下那狐狸，叫它一声我的可怜的小东西呢？"

"我想这一点我能够给你解说的。"我的朋友答道，"狗这种动物，是特别有人性的。他懂得你，同你亲近……"

"且慢！"我打断他道，"我讨厌狗正因为它们很有人性。我对于动物是自然地爱护的，我不能仔仔细细地去弄死一只苍蝇，这便可以充分证明。但我却讨厌一切自以为是你的朋友，一直来缠住你，用爪子来搔扑你的动物。我喜欢知道自己的地位，守住自己的地位的动物……好好地待狗，不错，可是为什么要去宠爱它，亲昵它，偎倚它呢？"

"啊，好了，"我的英国朋友说道，"我不同你争辩了。"于是我便打断了话头，另谈别事了。从这一次以后，我便养了一只狗，因为我家里的情形需要它的缘故。我按时喂它，给它洗澡，它睡的是一个很好的窝。但我只是不许它用爪子在我身上满身乱抓来表示它的爱与忠诚。当然，要我领了它在街上走，像许多时髦太太们带着她们的狗那样，我是宁可死的了。我有一次看见一个赤足而穿着高跟皮鞋的江北阿妈（分明是一个外国人家的娘姨）一手拿了一根拐杖，一手牵了一只哈巴狗。这真是奇观，而这种怪样子我自己是不要做的。让英国的人去做好了。他们爱那样，但我却不爱。当我走路时候，我是要像一个绅士那样地走的。

但我要来说说鸟了，特别是说一说有一天我去买鸟的经历。我有一大笼的小鸟，我不知道叫什么名字，但比麻雀小一点。雄的有红色的胸脯，身上有白色斑点；其中有几只在去冬因故陆续死掉了，我想再去买几只来给它们凑伴儿。那一天是中秋节，全家的人都出去赴宴了，只留着我同我的最小的女儿在家里。所以我便向她提议我们到城隍庙去买鸟，她同意了。

城隍庙的鸟市对于任何住在上海的人不用描写的。这里是一所每个真正爱好动物的人的天堂，因为那里不仅有鸟，还有青蛙，白鼠，松鼠，蟋蟀，背上生着水草的绿毛龟，金鱼，麻雀，百足，蜥蜴，以及其他的自然界中的异物。你得去看一看那些卖蟋蟀的人以及围在他们四周的孩子，然后再断定中国人是否爱好动物的人。我走进了一家山东人开的鸟店，问明白了我所要的那种鸟的价钱，毫无困难地买了三对。它们花掉了我恰好二块一角钱。

那店铺是在一处街角上的。那笼子里这一种鸟儿共有四十只。当我们讲定了价钱，店中人便开始给我拣出三对来，笼子里的一阵扰动扑起了一蓬灰尘，我站得远远的。当他快要拣好时，店门前已聚了一大堆人——也许是节日的游人，这也无足怪的。可是到我付了钱拿起笼子走出来的时候，我却成了大家所注意的中心，以及大家所羡嫉的对象了。四周有了一种无可比拟的高兴。

"这是什么鸟呀？"一个中年人问我道。

"你问店里的人去吧。"我说。

"它们可会叫吗？"又一个人开口道。

"你花了几个钱买来的？"第三个人问道。

我约略地回答了，像一个大贵人那么地走了开去。因为我是这一群中国人的一个可骄傲的养鸟人哩。有一种东西使这些人们聚了拢来，一种共同的喜悦，完全是自然而本能的。这种自然与本能解放了我们人类的共同友好与打破了同陌生人不理不睬的矜持。当然，他们是有权可以问我关于这些鸟儿的，正如有权可以问我种种问题，如果我当着他们的面中了"航空奖券"。

我带了我的孩子和我的小鸟笼走去。每个人都转过了头。如果我是那孩子的母亲，我便要以为他们是在赞美我的孩子了，但因为是一个男人家，所以我知道他们是在赞美我的鸟儿。我自己寻思道：难道这些鸟儿是稀见的吗？不，他们只是对于一般的鸟都感到兴趣而已。我走进了一家馆子，那时是在午后还早的时光，楼上是空着的。

"要一碗馄饨。"我说。

"这是些什么鸟啊？"那堂倌问道，肩上搭着一块毛巾。

"我要一碗馄饨，一碟白斩鸡。"我说道。

"是了，会叫的吗？"

"白斩鸡会叫的吗？"

"噢，噢，——馄饨一碗——白斩鸡一盆！"他对着楼下的厨房喊——或不如说唱——下去。"这些是外国鸟呢。"

"噢？"我只是为了客气一点问道。

"它们是生在山上的。山，你知道，大山。喂，掌柜先生，这些是什么鸟呀？"

所谓"掌柜"便是账房先生。他戴着一副眼镜，正像所有的能识字能写字的账房先生一样，对于任何儿童的玩物，或除了洋钱角子以外的任何事情，你是难以希望他发生兴趣的。可是当他听见有鸟的时候，他不仅答应着，且竟大出乎我的意料之外地，摆着腿寻起拖鞋来，离开了账柜，缓缓地向我的桌子走来了。当他走近到鸟笼边时，他那板着的脸也和缓下来了，他变得像小孩子一样的有说有笑了，这对于他的样子是有点不合适的。于是他说出他的判断来了，头朝着天，肚子突出在短褂外。

"它们不会叫的。"他正色地说道，"只不过样子好看，给小孩子们看着玩玩罢啦。"

于是他又回到他那账柜的高座上去了，这时我也恰好吃完了馄饨。

我在归家的路上也受到了同样的命运。人们都俯着身子来看看我手里拿的是什么。我走进了一家旧书店。

"你们有明版书吗?"

"你这是什么鸟呀?"那书店里的中年老板问道。这一问使那店里的三四个顾客把注意转到我手里的鸟笼上来了。当时又有了一阵扰动——我说的是鸟笼外面。

"让我看看。"一个学徒说道,他把那鸟笼从我手里拿了过去。

"你拿去看个仔细吧。"我说道,"你们可有什么明版书吗?"但我已不再是受注意的对象了,人家丢着我让我自己四处搜看着。我搜看了一番毫无所得,便拿了鸟笼走出来,可又再度成为被注意的中心了。人们对着鸟儿微笑,或因为我有着那些鸟而对我微笑。

于是我在四川路与爱多亚路的转角上坐了一辆出租汽车。便是在这地方,我清楚地记得,那是在最后一次我从城隍庙买鸟回来的时候,那人走出来看看我的鸟。这一次他并没有细看,我也不高兴去引起他的注意。但当我走进了车子,那车夫的眼光看见了我的小鸟笼,他的脸舒展了,他也像我上次买鸟时的车夫那样,显得孩子气起来了。他对我极友好,我们简直无所不谈,到我抵家的时候,他已不但告诉了我养鸟以及怎样叫鸟儿啼叫的秘密,而且也告诉了我全部云飞汽车公司里的秘密,他们有多少辆车子,他们有多少生意,他的整个幼年时代的历史,以及他的所以讨厌婚姻的原因等等。

我现在知道了我在人群堆里怎么办，以及怎么去平静一群发怒得像要吃你的血一般的中国人了。我要带一只鸟笼去，给他们看一只青雀或一只很会啼唱的黄莺。这会比水龙或催泪弹更有用，而且可以比狄莫生①的一篇演讲更快地说服他们，于是我们便可和好无间了。

---

① 狄莫生（Demosthenes），希腊雄辩家。

叩头的柔软体操价值

中国人对于"卫生"一语，其意义与英语中这个字的原意完全不同。它的定义与"运动"根本没有关系，因为运动在中国人的心目中简直是白费精力。我想读者们总得承认西洋运动家的过于出力和身体器官的过度发展，对于一个人的健康是有害的。一个人能够挥击一下高尔夫球棒和每天步行几英里是很好的，可是当一个人打破一个百码短跑纪录时，那是确定的了——当然也有例外，他不会做得好什么事了。而且还有叫做"运动家心脏"这一类东西呢。

中国的卫生学，在另一方面却完全注重保存精力，不管哪一种运动，主要的原则总是要适可而止，无论哪一种"体操"，总是包含了和谐的动作，目的是使身体摄生方面正常发展而不是加以刺激。首先以心灵方面的摄生为基础，唯一的目的是心神安静。根据这一个基础，它所注重的便是引起体内呼吸和血脉流通获得正常的功能。所以有所谓"静坐"或坐禅这一种伟大的法术，注重身体笔直姿态，摩擦手掌和前额，有规则地吞咽津液，呼吸有定律，腹部呼吸根据一定的节拍，这种体内的摄生法，增进身心双方的安宁，便是中国卫生学的目标。

根据这个卫生原理，中国人发明了各种动作，以缓慢和韵律为其特点，正如一个真正有教养的人的举动那样。叩头的艺术不过是这种动作的一种而已。事实上，它是人类心智历来发明的最佳的一种减少体内脂肪的运动。

要了解叩头的艺术以及它的伟大的柔软体操价值，一个人首先要懂得缓慢的有韵律动作的原则。这种动作的最佳例子，也许可以从中国舞台上的姿态——台步——看到，这种姿态对于中国戏子，有时被认为与歌喉的训练同其重要。说起"台步"，除了合韵律的，迟速中节的，姿势美妙的动作之外，还有什么呢？一个优良的戏子，这种姿态和步伐与他的唱工很合韵律，所以我们见到的便是完全合韵律的唱词和动作。他的语句的韵律清晰，正如他的手足动作一样。他的笑声，大笑声，甚至咳嗽和打喷嚏，或吐痰，都有一种优雅的准确的韵律。我有时算算一个中国上等人的吐痰时的节拍，发见它几乎正确无误地像这样：一——二——三。为首的两拍表示准备吐出来的鼻孔向内吸的时间准确动作，吐出来的动作占去第三拍的一半时间。向内吸入时，声音响亮而闲适，吐出来时却快捷而坚决。如果一个人把这个一——二——三三部动作反复练习，会令人感到很美妙而满意的。再试把一个中国的上等人的准确笑声的节拍写出来。这连续发出的

"哈！哈！哈！"声音是极端地富于艺术气味而悦耳的，总是有一种表现得很完美的声音逐渐加高的动作，最后声调扩大慢慢消失了。当一个上等人不愉快地离开房间时，总是把他的衣袖拂了一下，在文学上这叫做"拂袖"。中国上等人的衣袖总是卷起来去工作，结果便有"马蹄袖"这个称呼。当一个人不高兴时，他总是把右手的衣袖用力地向下面挥一下，使那卷起的衣袖放下来，同时他的手臂有韵律地摇摆一下便踱到室外去了。不消说他的长袍又使他的两腿的抖动动作成为一连串的样子特别的动作。这便是所谓"踱方步"。与这种走路的样子比较，一个外国人的长裤脚管的动作便显得粗俗不堪了。

关于中国人对于缓慢而有韵律的动作的注重已经举出很多证例，使外国读者明了我所说的叩头的柔软体操价值是什么意思。叩头不过是敬礼的一种，不过比较他种礼仪更进步更高尚罢了。例如十八世纪的妇女所行的"蹲礼"以及现代德国绅士把鞋跟一碰恭敬地鞠躬时，也有同样的韵律。这种事情看起来常常是美丽的。此外北平的旗人妇女"打千儿"① 时的动作也有韵律美。有时她屈了一膝，就这样地把她的身体打一个旋，这样地优雅地一转，就算在座的人都致了一次敬礼了。

可是，让我们谈谈叩头吧，那是中国文化中最高尚的以及最特殊的一种艺术。是麦卡尼男爵吧，他曾经拒绝向乾隆皇帝叩头，因为他不知道这是一位中国上等人士所能做出的一种最高

———————————————

① 见面时，晚辈对长辈、下级对上级一般都要行问候礼，俗称"打千儿"。

尚、最合卫生的举动呢。当然，美容专家们曾发明过各种运动以减掉妇女们的脂肪，可是无论任何一种都不及叩头那样有效力。正如划船那样，叩头跟全身的肌肉都有关系。两膝跪下去时，立刻便令人心意安宁，万虑俱消。接着胸前挺直，两个手掌合起来，正如祷告或唱《圣母曲》时的姿势。接着，像胸泳时那样，两臂分开向下压下去，同时身体向前俯，直到你的头颅触到地面。叩三次头，然后再把身体上部伸直。这样地把身体伸直弯曲，使腹部的肌肉获得很有裨益的运动，较之任何按摩手术以消除腹部周围多余的脂肪，有更佳的助力。如果叩头谨慎地按照节拍，便能促进深呼吸和血脉流通。

很可惜这种优良的艺术现在竟至消灭了。可是遇着了中国文化的他种的恢复运动，如"奖励"节妇之举，这种叩头的艺术很有希望在很短期间，在上下流社会间获得普遍的发展。我知道这一点，因为我知道当满洲的得胜军队在一六四四年到达浦口时，当时的大学者明朝的礼部尚书钱谦益曾长跪在南京那面的长江江畔迎接，借了叩头而获得新成立的异族政府里的高官显爵。然而，有趣的是，满洲的征服者心中很鄙屑他，所以当乾隆开列禁书的目录时，他的作品首先便遭焚毁。显然是要警诫那些可耻的"怀贰"的人。这是很不公平的，因为钱某是这样的一个优美作家呢。

一个素食者的自白

　　有许许多多的素食者。有的为了信奉主义，有的是性之所至，而还有些只因为他们不能消化美味的牛排。各种素食派间的争执比素食者和非素食者之间的争执要激烈得多。主义素食者称随性素食者为无诚意的美食者，而后者则称前者为看见鸡死流泪的懦夫；随性素食者又称主义素食者根本不是真正的素食主义者，他们不知道怎样去吃蔬菜，他们是他们主义的奴隶，而且对于满块红血的牛排要望而生畏。很多和尚曾向我承认他们确嫌恶煮肉的气味。这两派无疑的都不过是对那批酸牛奶的消费者极端蔑视，而约翰·第（John D.）便是这一派，他无意地走入素食者的阵营，而结果却是他消化器官的毁坏。对于第四类人那些英勇地同她们的腰部线条做斗争，吃得很少，或是像兔子那样小心地咬着面包皮的女人，我们素食者是向来取和善态度的。

　　你也许已在猜想我便是一个随性素食者。随性素食者和主义素食者之间的差别与独身的和尚跟结婚的基督教牧师之间的差别是一样的。照我猜想，前者确实是为了畏惧女人而变成极端的禁欲了，至少，论理上是如此的。基督教牧师却相信他可以娶一个女子而不必马上把她的灵魂交给梅费斯托斐莱①。他还能在正当合理的范围内保持他的性生活而不破坏他的灵性，这是一件好而勇敢的作为。它证明了在我们自己和在人类本性上的忠实，所以它和随性素食者是一样的。我们以为吃一块肉是无所谓的，而上帝也知道我的吃肉的享受是如何的！

我恐怕会有什么误会，还是让我来显明地表示一下我的立场。这里是有着一种哲学的，我是中国人正为了我是中国人，我不相信做任何主义的奴隶。中国人全都不相信把事情做得完全。这是历史的中庸之道。是的，做一个素食的爱好者好了，但又为什么要它合什么逻辑呢？做一个好好的素食者，可别做成极端的素食者。中国教育的目的在于培养理性。照逻辑说："如果甲是对的，乙就是错的。"可是照理性说："甲是对的，乙也未见得就错。"有理性的改革者不会一下子便把整个宇宙廓清，而常是喜欢遗留一些污秽的。有理性的戒酒者，有时也要喝上几杯；有理性的戒赌者也高兴打一下小扑克；而有理性的素食者也时常喜欢尝一些南京板鸭或是带血牛排的。好像孔子也曾说过，即使发现了最伟大的科学真理却变成非人道，则又有什么好处呢？

这里有一点是做一个随性素食者必须遵守的。如果你在嚼了

---

① 浮士德把自己的灵魂交卖给他的那个恶神。

六七只鸭肫，啖了一段鲫鱼，一只鸡腿，几片葱煎羊肉，二三个虾圆，两匙蟹粉，三匙鱼翅，又吃了一些油肥板鸭之后，看到一碗鸡汤白菜，你会马上喊出："啊，那白菜真鲜啊！我常喜欢吃菜汤，鸡的鲜味全到白菜里来了！"这便是一个十足的"随性素食者"。他知道刚才的肉太油了，他最后总是吃一些鸡汤烧白菜的。像一个爱民如子已积了五十万元私产的官吏，他觉得整个政界太吝啬了，他预备告老山林赏秋月去了，他畅谈着月亮的美，在他的心中对于月亮的洁净有着比一个看了五十年月亮的农夫更深切、更真实的感受。他的欣赏素食和一个娼妓的欣赏家庭生活的美丽尊严是有同样理由的。他吃了这顿盛宴，明天早晨醒来便说以后不再吃肉了，于是捧了一碗粥吃着盐萝卜，在中饭时又被浓味的肉片诱惑而吃了，到晚上睡觉时却更热衷于蔬菜了。

随性素食者和主义素食者的分歧就在这一点上。随性素食者会问："除非你吃的是完全吸收了鸡味的白菜，否则你做素食者又有什么用处呢？"从这一点上，可以看出只有中国才是素食者生存的地方。欧洲人是把肉各自单独地煎好了，把萝卜单独地煮好了，才把它放在一只盆子里的！试想不用肉而单独烧那些笋是多么的愚蠢啊！那些笋会变成什么呢？如果你高兴，你把肉留在桌上好了，可是在煮的时候你得把它和笋放在一块，这样肉的滋味才能进入笋中。因此我相信在全欧洲是找不到一个随性素食者的，有的只是那些以顽固偏见做自己观念的奴隶的和尚式的素食者，欧洲人知道的素食只是"鸡蛋和菠菜"。可是在中国人看来，吃鸡蛋菠菜究竟是太惨了。只吃鸡蛋菠菜又怎样能去真正地欣赏素食的美味呢?

我相信他们只是为了责任而吃,倒不是为了热望而吃。这些人当然和一切极端的,一本正经的素食者一样是白痴。

欧洲人全是很可笑的。他们早忘了,或者根本不知道煮蔬菜的艺术,吃的只是些半生的合逻辑的蔬菜,他们煮的也是合逻辑的牛排,而当一个人吃一块牛排的时候,他见到也就只是一块牛排而已。他一手英勇地捏了叉,另一手残忍地拿了一把刀,自己关照自己说,他这时是在吃肉了。不是谁都见过这种可笑的事情吗?他们拿的刀又是向下的,但有时当他们停下谈话时,就会把刀叉向上,指着对方,我时常猜想这对方多少要因这威吓态度感到震惊而微觉不安,特别是在他们的意见有出入的时候。欧洲人会不会学学用我们的木筷,允许我们(至少在我们吃的时候)少看见这些金属的武器呢?

论裸体

　　有人告诉我说，裸体主义已经行到美国来了。让它来吧！我也没有见到它会损害什么。我自始也便是一个不自觉的裸体主义者。

　　可是首先必须明白的，我是一个有理性的裸体主义者，和那些理论家裸体狂者不同，这和我是一个有理性的素食者，跟那些素食狂者不同一样。我像所有中国人一样，相信中庸之道，在相当时间相当环境下，譬如说，在浴盆里，我才是十足的裸体主义者。要我穿了母亲留给我的天然衣服跑上百老汇，那我誓死反对，我能忠诚地告诉你：一个人在浴盆里裸体是很美妙的，如果浴室的窗的外面只有些麻雀飞过或一些树枝在窃窥着，如果干脆把窗打开了，让皮肤接触到尖锐寒冷的空气，那就倒觉快怀了。注视着它怎样因微寒而皱起，又怎样因日光的作用而放大，而活动，而渗出天然之油——经验着这种感觉是极端愉快的，可是我只是说当一个人在浴室里的时候。日光在我皮肤上的作用绝对是放射性的——对于这一个字的意义，我没有些微的观念，可是我知道它应该指什么意思。思想健全的人都承认每天在日光中，在没有人见的房中脱去衣服晒上十五分钟，是（我也承认）最利于健康和增强体力的。这种人都可以和我一样地自称为真实、有意识而有理性的裸体主义者。

我只是说，这是在相当时间和相当环境下。在真实的裸体主义者和露体主义者之间是有着显著的差别的，这跟一个在山顶上孤单的祈祷者和一个在为教徒的福益而说教的宗教集会中的表演祈祷者之间也有着差别一样。一方面是为了自己的娱乐而实行裸体主义，而另一方面却借了别人的眼睛来嘲笑裸体主义，把他自己的裸体变成一个招牌，扬言说："你看！我敢！"在各种人生的现象中都有这种差别：譬如在家里爱他（她）的妻子（丈夫）与在大庭广众处叫他"亲爱的"之间的差别；暗室中的自悟短处和当众的自认儿童时做贼之间的差别；薄暮中在后弄里为一个美貌女花二毛钱和在慈善跳舞会中作一篇演说之间的差别；为个人乐趣而骑马和为了别人指上的一只钻戒或打扮得像伶人一样的粉脸旁的一副玉耳环而驾驰之间的差别。所有这些我以为都的确有的。纯正的宗教家，夫妇之爱，慈善家和真实的骑者是一类，表演主义者是另一类。

换句话说，我是一个纯正的裸体主义者，因为我只在一个人时才爱裸身。我不想把一切优点举出来，其中第一点便是人是一个动物，纯然的动物。假使你能够，那么你且谛听一下你的心的跳动，留心一下你血管中血液流动，那你对人生的目的，便可获得比从整部的哲学书中得来的更正确的理解。因为我们有一个躯体，一个很重要的躯体，我们应当好好地当心这会自行修补的机器，当为大家公认的事实。裸体能给我们相当的活动范围，这即使穿了很薄的衣服，也会因它的摇摆而失去的。你可以注意裸体后屈膝比穿了裤子屈起来要愉快多少。你可以全裸了在你的私室中跑上一圈，享受一下那绝对的自由幸福，但我要注意不被我仆人瞧到，我要顾到一些人事而要理性化一些。假如有人皮肤强健的话，那他便可像因经济关系的满洲人一样地裸着睡觉，一享其肌肤亲着柔褥之乐。整个地说来，医生都会告诉你，皮肤是排泄污秽，自动消毒的重要器官之一，如果一个人必须把自己的身体紧密而残忍地封闭在笨拙不人道的西服中妨碍其自然的排泄作用，那他至少应在一天二十四小时中让它有几分钟特别是在日光和新鲜空气的影响之下恢复它自然地位和自然功用，就是从美学的观点上看来，对于叫一个人意识到他自己的动作的韵律也是有利的。

可是即使从美学观点上出发，而不为别的原因，我还是誓死反对当众裸体的。艺术家（如果不是诗人）知道一个完全人体模型是难得的，一个美女也许有很美的躯干，可是却有难看的细瘦小腿和不相称的脚。坚信人体大都是美观的人可以在夏日下午到海边去观光一下。视觉灵敏的人是会给吓跑的，十三岁的苏三嫌太瘦了些；蓓蒂的臀部又是那么的臃肿不灵；乔治叔戴了眼镜秃了头裸体多么不雅观；凯特姐的胸膛又太宽松了；而柯黛丽亚简直是丑恶。一家中我看只有裘丽叶是美的。正如中国人所说，增一分则嫌俗，减一分则嫌瘦。她恰到好处。可是在这宇宙中究竟有多少人才是恰到好处的呢？而且究竟有多少人在过了青春时代后还会保持她的恰到好处呢？

所以，坚持的裸体主义只能在男女们目不见自己丑恶的社会里才能忍受，如果照此下去，将引起我们美感的总衰减。所以对于裸体美人的评价将和对于非洲森林中的裸体土人的评价一样了。普通人体大多都像猴子或吃得过饱的马，只有衣服才能掩饰成为陆军上校或银行经理。剥去他们的衣服这些陆军上校和银行经理也完结了！他们在家里有时的裸体主义便说明了他们为什么被妻子蔑视的原因。且把那些高等而有权力的国际会议代表剥得一丝不挂，我们会发现现今世界所以混乱，是被一群猴子所统治着。

我想在一个裸体主义已为习俗尊敬的世界上，几乎所有女人都一定会渴望有一块破布来掩遮她们的造物主所永远忽略了的那地方的，总之，男子的堕落和女人的媚态都是从一片枣树叶而开始。试设想在裸体主义世界上将会有多少女子要穿紧身衫裤来增美她的体格，更会有多少女子要穿一件小衣，那些胆敢无耻地利用这些女性设计的人们会因他们不畅露胸膛而被一些老辈而有身份的女人所斥责。裸国中的道学太太将声明："那些无耻的摩登女性太不光明正大了！""为什么史特拉却小姐竟用了一块一尺多长的小布绕在她的臀部上。我不愿散播谣言，我自己也没有亲眼见到，但有人却这么在说！"

　　顿第夫人回答："那些摩登贱人现今什么都做得出来了，如果她们要把这块布伸扩到掩没膝盖我也不觉得奇怪的。你要知道这批年青人，任何可恶的事情都做得出的。"

　　这样男人便会爱那些穿紧身衫裤的女子，或甘愿以一见长裙而死了。

　　所以我说，如果裸体主义来了，让它来吧！它不能损害什么的，我十分自信我们人类的美感还没有败坏殆尽，还能阻止一些过分的纵情。

　　我平常对于人们的道德并不关切，但这篇文字似乎是我历来最正经的一篇。

我搬家的原因

　　我有一次搬进一家公寓去住了。这在美国人听了，也许会说："咦？有这事吗？"在英国人听了，也许会说："啊，如此堕落！"可是作为一个中国人，我只对自己说："可以的。这是我的命运。"

　　我是被迫搬进去的。我不愿搬家，如果我的邻居停止开他的无线电收音机，我决不搬家。在平时，如果有邻居在偷窥你的房间，你可以关上百叶窗。要对付邻居们好管闲事的眼睛，你甚至可以在前面筑一堵高墙，把屋子改成堡垒，准备和全世界抗衡。如果你不要电话来打扰，你可以用块破布塞住。可是对于那无孔不入震屋欲破的无线电的音乐你却是束手无策的。自从我的邻居买得了一架收音机，而我能免费分听后，我便全由我邻居支配了。他能使我兴奋，能使我忧郁，他要听史特劳斯和史特拉文斯基的音乐，我也得听，他要听梅兰芳唱戏我也只能跟着听，他什么时候觉得满意停止，于是我也停止。他特别喜欢珍妮·麦唐纳的《大军进行曲》和苏滩，这简直是一种狂喘。他要我听，我也总听着，可是我终究受不住了。在上厕所的时候听听莫扎特或门德尔仲的音乐是很好的，可是如果在考虑如何支付裁缝账的时候或是在计划如何对匿名的文章写一篇辛辣的答复，而如何能使这位藏头露尾的先生一定能看得到的时候却不然了。而且如果来的是苏滩，那种气喘一样的狂叫声会钻进你的写作里的。

在这种情形之下，英国人会跑到邻居那里去说："马上停止，否则我要写信给捕房了。"中国的绅士是会设法使自己适应于这环境中而谋自己神经的宁静的。受了英国教育的中国人的我却两者都不能做。所以当我第五十次听到珍妮·麦唐纳的歌声时，我就写了"招租"的条子，把它贴在房门上。我一定要离开这里——无论到什么地方。

住在公寓里对于我的个性是不合的。我至今坚持除非每个人自己都能有一块小土地来种些豌豆、番茄，孩子能在这里捉蟋蟀游玩，否则是毫无文明可言的。我曾经说过我不相信在按钮、开关、柜子、橡皮地毯、钥匙孔、电线和警铃等的所谓"家"的组合物中会有现代文明的。我时常暗笑那些新时代推销员想把那些如日间用做沙发，夜间用做床铺的复合物的新奇便利来说动我。我总告诉他们我是不会凭说感动的。沙发应该便是沙发，床便是床。在我看来，这种可转换的沙发床便是新式家庭毁损的征象，而很重要的也便是所谓时代文明仅是骗取人类在日光下的正当地位的征象。新时代的精神家庭，因为新时代物质家庭的如公寓汽车等而被拘束而破灭了。人们搬进了三间的公寓屋里会看到年轻的一辈从不留在家中而觉得奇怪的。如果你不得不睡在日间沙发的背上，你至少不应再以此自傲。就是老鼠也总有相当宽裕的睡眠地位的。

可是我不管自己的偏见终于搬进了这公寓。这是一些老树引我搬进去的。这似乎是不可信的，上海的确还有一个在绿草和丛林间的枯树旁的公寓。我不能抵御它的引诱，我屈服了。

我不必养什么盆花，我的书室窗外便有一大堆绿叶。它那透熟的翠绿充满了整个房间，而我也不必备什么鸟笼，这倒并不是我不爱鸟，和世上唯一的真正爱鸟者一样，我是恨见鸟笼的。在他给他弟弟的信中他说起爱鸟的唯一正当方法是去住在近林的地方，在那里可以在书室窗外看到在树枝间的黄莺，在树间飞跃的红胸雉鸡，在那里也能偶尔窃听到杜鹃的情歌。当我在屋中写作时，小鸟们在我窗前突跃着，二三只麻雀在离我书桌一丈左右的地方喋喋地讲着情话。有时我更幸运，有几只鸟会栖息在我的窗槛上，诉说像我们这种的动物，不尽是碧眼黄须的三 K 党。假使我长住下去，我相信我也许能学鸟语。如果我是诗人，我当为它们而写一节中国诗：

青青梧桐叶，

苍苍穹天景，

轻轻初秋风，

悠悠心头恨，

喁喁鸟呢喃，
艳艳秋衣裙。
侣伴不复在，
密友今又飞。

但因旧恩尽，
新人枝头栖，
我犹翘首观，
依依复依依。

我怎样过除夕

阴历新年是中国人一年中最大的节日。其他节日和它相较起来便显得缺少假日精神的整个性了。五天里面，全国的人都穿了最好的衣服，关上店门，闲荡着，赌博着，敲锣鼓，放爆竹，拜年，看戏。这是一个大好日子，每个人都憧憬着新年发财，每个人都高兴地添了一岁，准备向他的邻人说些吉利的话语。

在新年中就是最卑贱的婢女也可大赦而不忧挨打了，最奇怪的，那些终日操作的女人们也都闲荡起来，嗑着瓜子，不愿洗衣煮饭，连菜刀也不肯一捏了。怠工的理由是新年中切了肉就等于把好运切断了，把水倒入沟中就等于把好运倒去了，洗了东西就等于把好运洗去了。一副副的红对联贴在每一扇门上，都包含了鸿运，幸福，和平，昌顺，春兴等字样。因为这是春季回来的节日，也是生命财富回来的节日。

在庭院中，在街道上，一天到晚全是爆竹声响和硫磺气味。

父亲失去了尊严，祖父变得更可爱了，孩子们吹着口笛，戴着面具，玩着泥娃。乡下女子穿了最好的衣服，跑上三四里路到邻村去看戏文，一辈纨绔少年便得乘此恣意调笑。这是一个妇女从煮饭洗衣的贱役中解放出来的日子。假如男人们饿了的话，他们可以吃几块油煎年糕，一碗有现成汤的鸡蛋面，或是到厨房里去偷几片冷鸡肉吃吃。

国民政府早已命令废除阴历新年，可是我们依旧过着阴历新年，大家拒不废除。

我是非常新派的。没有人能责我保守。我不但赞成格利高里历，我更赞成一年十三月，一月四周的世界历。换句话说，我的观点是很科学的，我的理解也是很合理的。可是也就是这科学的自傲，它受到严重的创伤了。因为在官认的新年里人们都只是佯为祝庆，毫无诚意，我是大大的失败了。

我不要旧历新年，可是旧历新年终于在二月四日来到了。

我的科学意识叫我不要过旧历新年，而我也答应我不会。我坚决地对自己说："我决不让你跟下去。"我在正月初头便感觉到旧历新年的来到了。当一天早餐时，仆人送来一碗腊八粥的时候，就清楚地提醒了我这天是十二月初八了。一星期后，仆人来预支他年底应得的额外工资。他告了半天的假，并给我看一包送给他妻子的新衣服。在二月一日和二日，我不得不把酒钱分给送信人，送牛奶人，车夫和书店童役。我觉得什么都在来了。

二月三日到来了。我依旧向自己说："我决不过旧历新年。"那天早晨，妻叫我更换内衣。我说："为什么？"

"周妈今天要洗你的衬衣的,她明天是不洗衣服的,后天也不洗,大后天也不洗的。"为了人情,我无法拒绝。

这就是我下水的开始。早餐后,全家要到河边去,因为那边举行着一个很舒适的,可是违反政府不准遵照旧历新年命令的野餐。妻说:"我们叫了汽车先去。你修了发再来好了。"我不想修发,可是坐汽车倒是挺大的诱惑,我不喜欢在河边跑着,我喜欢坐汽车。我很想到城隍庙去替孩子们买些东西。我知道这是春灯的时节了,我要我最小的孩子去看看走马灯究竟是什么东西。

我原是不应该到城隍庙去的。在这个时期到那边去,你会知道结果是怎样的。在归途上我发现我不但带了走马灯兔子灯和几包玩具,还带了几枝梅花。回家以后,我看到有人从本乡送了一盆水仙花,我的本乡便因出产这种美妙馥郁的水仙而闻名全国的。我不觉回忆到我的童年。当我接触到水仙的香味,我的思想便回到那红的对联,年夜饭,爆竹,红烛,福建蜜橘,早晨的道贺和我那件一年只许穿一次的黑缎大褂。

中饭时,水仙花的香味使我想起了一种福建的萝卜糕。

"今年没有人再送我们萝卜糕了。"我不快地说。

"这是因为厦门没有人来。不然,他们是会送来的。"妻说。

"我记得有一次在武昌路的一家广东店里买到完全一样的糕。我想我还能找到它。"

"不,你找不到了。"妻挑战地说。

"我当然能找到。"我心有所不甘。

下午三时我已买了二斤半一篮年糕,从北四川路乘公共汽车回家了。

五时，我们吃着油煎年糕，水仙花的馥郁香味充满着屋子，我惶恐地感觉到我已犯了戒条。"我不愿庆祝什么除夕，我今晚要去看电影。"我坚决地说。

"你怎么能够呢？我们不是已请了 TS——先生来吃晚饭了吗？"妻问道。事情似乎弄糟了。五时半，最小的孩子穿了红的新衣跑了出来。

"谁替她穿新衣的？"我责问。显然有些震动，但还庄严。

"黄妈替她穿的。"

六时，我发觉壁炉架上光亮地点着红烛，它们一层层的火焰向我科学意识上投来了胜利的讽刺。这时，我的科学意识已经显得模糊低落而不真实了。

"蜡烛谁点的？"我又请问。

"周妈点的。"是回答。

"蜡烛又是谁买来的呢？"我再问。

"什么，不是早晨先生自己买来的吗？"

"哦，我买的？"这是不可能的。不是我的科学意识使唤，这一定是什么别的意识。

我想这有些可笑，回想我早晨所做的可笑事不及我那头脑和心志的互相冲突来得可笑。立刻我被邻居的爆竹声从心理冲突中惊醒了来。这些声音一个连一个地深入我的意识中。它们是有一种欧洲人所不能体会的撼动中国人心的力量。东邻的挑战接着引起了西邻，终于一发而不可收拾。

我是不甘被他们击倒的。我从袋里抽出一元钞票，对我孩子说：

"阿经，拿去给我买些高升鞭炮，拣最响最大的。记住，越大越好，越响越好。"

于是我便在爆竹的"蓬——拍"声中坐下吃年夜饭了。而我却好像不自觉地感到非常的愉快。

阿芳

　　我的书童倒的确是个"童子"，这不但由于等第的关系，也由于生理上的意义。他还是一个童子，然而却是一个能干的童子。我把他从一家烟兑店里领出来的时候，他还只十五六岁。在他十八岁时，他的声音的变化使我想起那些在早晨学啼的雄鸡。可是在精神上他依旧是个孩子，他的稚气和他的才能形成了一种破坏家庭纪律的混合物，而我想树立起主人的尊严的企图也因此挫折了。

　　他很干练，我几乎不能没有他。可是在我的仆役中他却是一个最捣乱，最易健忘，而最不认真的人。在一星期中他打碎了全体仆役半年内打碎的碗、茶杯、酒杯的数目。他在厨房中很受人的重视，而且我们也因为他的才能不由的对他有些赞赏。这也许因为他当仆役有些可惜。从他半夜里斥责打来的电话的态度上，我相信他是可以成为一个富贵的少爷的。他并不读英文，可是他是能够读的（他已有许多事情使我惊异不已），所以我只叫他阿芳，因为这并不是他的名字。

我要说明一下我究竟为了什么放任阿芳破坏家庭纪律，让他去干我不许旁的仆人干的事情。在他来我家之前，那些修理电铃、电灯、保险丝，整理抽水马桶的机件，悬挂画镜等事务都要我亲自动手的。自他来了以后，我都让他去弄了。我便可安心地读一下柏拉图的《共和国》，不会再被人喊去装修抽水马桶了。我可安心地写作，不会再听到厨房里喊出："啊哟，自来水龙头漏了。"叫我去修了。我之所得很足以够得上阿芳手下的损失。他的天才就在于能立刻想法修补各种机件；还在于能想出故事讲给孩子们听，让他们留在园子里不来扰我。

我对他垂爱由于一次偶然的事情。自他第一天到我家后，他便注意到我的打字机。我每天还未起床的时候，他便要花二个钟头来打扫我的卧室，可是我知道他是在窃看着那架他生来首次见到的奇特的机器。在这时刻常会有异声从卧室里传来。打字机终于在一天不动了。我花了整整两小时还修理不好。我斥责他的瞎撞，他也并不作答。下午我出去了，可是当我回家时，他安静地对我说："少爷，机器修好了。"此后，我对他便另眼看待了。

有很多地方我是非他不可的。他能听电话，还能用英语，官话，上海话，安徽话或是厦门话同对方相骂。厦门话外省人是都没有勇气学习或没有运气学成的。我奇怪他如何学得这些英语短句，而读音又是那么正确。这简直有什么神秘的东西存在于他本身和造物主之间。他说"等一等"时，便说"Waiterminit"，不像一般中国大学生那样念成"Wai-t-a-meenyoo-t"。我叫他去念夜校，并且允许供给他三分之二的学费，可是他不要。我知道他不喜上学。

这也部分地说明了我对他宽容的原因。但他给我做了什么呢？我要他去买一罐擦铜油，他去了一个钟头，回来时替自己买了一双新鞋，给我孩子带来了一只蚱蜢，没有擦铜油。他天赋的不分工作和嬉戏，是他的幸福。他收拾寝室会花去三个钟点，因为他会半下里停下来假装去收拾一下鸟笼，这又得花去一个钟点，或是跑下楼去跟新来的洗衣女仆厮混一会。"阿芳，你十八岁了，还不巴结做事。"妻这样说。可是又有什么用呢？他打碎了碟子，烧毁了簇新的刀，把盘子丢在地上，让畚箕扫帚横在客室的中央，自己却跑出去捉蚱蜢去了。简直没有一套瓷器完整的。当他急忙忙地搬送我的早餐时，从厨房里能听到的声音是——砰——碰——哗拉，他从厨子那里接来了替我预备早餐的工作，据我猜想，是为了他高兴烧煎蛋。厨子也允许了他。

厨子是一个二十六岁的寡妇，和你在别处见到的一样的愚蠢丑陋。人有时会被这种蠢而丑的人的温柔真挚感动的。我还记得她喊阿芳名字时的声调。在一个夏天，我半夜里闷热醒来，听到他房里有私语声。他刚从庭中走入房中，那厨子也跟着他过去了！他们在私语着！我听得很清楚。可是接着便寂静无声。她已走入房中替他整理床铺了。这仅是近乎母爱的接触。

后来又新来了一个洗衣的婢女，厨房中的生活又将有什么变化了！新来婢女年纪二十一岁，愉快活泼，而她也喜欢阿芳。厨房中的调笑声不断产生着。工作弄得更糟了。笑声继续增大着。阿芳变成更无心工作了。收拾一间房子要花了更多更长的时间。阿芳甚至每天早晨替我擦鞋的事也忘怀了。我对他说了一次，二次，三次，没有效验，最后我威吓他如果明天再忘记把鞋擦好并在六时半左右放在我寝室门前，我便要把他辞了。我发了大怒，整天没跟他说话。我企图恢复家庭中的纪律，主人的话是必须遵守的。那天晚上临睡前，我又在那孩子、厨子和新来婢女面前重申了一次解雇的威胁。大家都好像吓坏了，厨子和新来婢女更是厉害。我相信他以后要遵守我的话了。

第二天早晨，我六时醒来，耐烦地等候着看我命令的效验。在六时二十分时，那新来婢女把鞋子送了来，不是那男孩。我觉得我被骗了。

"我是要阿芳拿的。怎样你拿来了呢？"我问。

"嗄，我正要上楼来，我想我把它带了上来吧。"那婢女回答，甜蜜而且温柔。

"那他为什么不拿上来呢？是他叫你拿来的呢还是你自己要拿来？"

"不，不，他没有要我拿。我自己拿来的。"

我知道她是在说谎，阿芳还睡着，可是她机敏地替阿芳卫护倒多少打动了我的心弦。所以我便让我的纪律败坏下去，我也不想知道厨房里在做些什么了。

信念

G. K. 却斯特顿有一次曾为报纸的论争艺术已随了今日"信念坚定"的衰落而衰落，感到痛心。据他想来，新旧新闻纸的主要分界线就在于这一点。关于现今所发生的政治哲学，或宗教问题都难得会有一定的论断，大都是一种若即若离的话——好像作者正在注意着或描写着鸟的飞翔一样。

他是弄错了，以为缺乏坚强的信念便是时代思想的混乱。对于这种对真理淡漠的态度，拿博物学者的注意鸟飞来比喻，倒不如拿中国的"蜻蜓掠水"的成语来比喻。却斯特顿把这种态度归诸新社会中怀疑论的分歧。然而怀疑论却是和古雅典一样的陈旧的了。在中国，我们只能说那些时代思想的纷乱仅是道教和庄子学说的方法论的末流。总之，庄子学说的真理和杜威学说的真理是有着十分相同的性质的。譬如，却斯特顿的悼惜着"那个人能有一个公认的宗教和哲学根据可以参考"的上古时代，而"帝国主义者会对社会主义者说'我以为你要推翻国王的企图是极违反基督精神的'。社会主义者也会反驳道：'我觉得你那消灭黑人的政策是可恶之极的。'"。如果庄子生于一九〇五年，如果他也参加着这次帝国主义者和社会主义者的争论，他是会对这些坚持信仰的君子们大笑不止的，他那拉长的面庞看来也似乎像一个大的问号。

我不想在这里替怀疑论作辩护，不管它是时新的还是陈旧的，我想把自己的心理纷乱描述一下。这种纷乱在许多人事问题上简直使我不安而受匪浅。我还记得，在大学时代，欧战刚正爆发，我那时非常妒恨一般同学的信念，他们都坚决地认定这次战争德国是罪魁祸首。后来俄国脱离协约国实行无产阶级革命时，我又为那些极端憎恨无产阶级的同学教授的坚决感到震撼。我知道如果我对于无产阶级也会有这样坚决的成见，那我不知道要经过多少的困难阻碍，长期思索犹豫疑惑，才能得到，然而他们却能如此敏捷地得到了同样的结果。他们这辈人也并不和我辩论。我有时表示一下怀疑，他们便只静静地看了我一眼，算是回答，或者在院外面讥笑我不懂。

我的不安决不仅在学院中讨论社会问题或政治问题时才有的。使我慑服的不仅是那些大学教授和学生，连一些商人也如此。这两派人的声调是一样的，简直不能判明哪一派应该多受一些却斯特顿的赞扬。有一天我要买一只 Remington 打字机放在办公室里。我倒并不是特别要买 Remington 牌的。对于我，Underwood 牌子是一样的，我从来分别不出 Underwood 和

Remington 间究竟哪一种比较好些。总之，我对于东西，是没有什么信念的。我的走入 Remington 牌的经售处而不到 Underwood 牌的经售处完全是偶然的巧合。可是使我奇怪的，他们告诉我在 Remington 和 Underwood 间的确有很大的区别，譬如后者就没有一个保护字键的半圆弹簧。他问两者之间为什么便没有区别呢？他以为我应该很知道"聪明的大商人大都是喜欢 Remington 牌的"。我老实告诉他，我没有彼辈大商人那么聪明，我也不想要有他那么聪明，我现在已经是三十五岁多的人了。他秘密地告诉我，有一家打字机公司几年前就因为不善经营几乎破产了的。这使我的心理状态比前时更为困惑了，为了挽救自己，我静静地购了他的机器。

选择香烟也是我心理纷乱的另一例证。我的神经非常敏感，我的烟瘾也非常大，我总相信雪茄或是烟斗，却不要卷烟。所以别人也不能责备我缺乏鉴别家鉴别烟味的能力。可是，一直到现在，我还不能判别哪一种最好。我吃过绞盘牌，金叶牌，Fatima 牌，Westminister 牌，三炮台，克来文，都觉得很好，可是我至今还不能有些微信念判断究竟哪一种最好。我常喜欢绞盘牌，这是因为它的烟味是不大变动的缘故，可是吸这种牌子烟的人的正直观念也多少影响了我一些。我总以为抽吸之愉快固在于烟味，但也在于抽烟时的情绪。有时我抽吸二十铜元一包的红仙女和抽吸五倍价值的绞盘牌觉得一样愉快。在抽烟上看来，我是一个懦夫，一个变节者，一个机会主义者。在这件事情上我是没有固定的信念的。我也许会在今天舍弃了绞盘牌，但当我觉得高兴时，我又会接受它而又会觉得很满意的。如果没有别的牌子的烟，我是会吸骆驼牌的，可是我却不会为了要买它而跑上一里路的。

何必再要举更多的例子呢。总之，高至哲学的疑难，低至奴仆的问题，我总是被庄子的方法论累得困苦不堪。在有一天，当我怀疑着医院仆役应给小账，而看护不必给的时候，有一位女子竟把我大大地揶揄了一番。看她那样言之凿凿，她似乎是有全部理由的。我妒恨她思想表现的明晰。而经济学教授是不是会确实地对我说照他的意见看来，孙中山是比马克思更伟大的经济哲学家，他的态度又是那么坚定有力，他的地位和我太接近了，我觉得他应该用李士特灵或者别的除臭药水漱一下口的呢？他是不是会这样给我保证呢？

论英文轻读

近日为了《汉英字典》工作繁重，中央社专栏的文章不得不少写了，大约每月一篇为准。文章总应随一时之感发，今日所感，停一些时下笔，便又不同了。《水浒传·自序》所谓"薄暮篱落之下，五更卧被之中，垂首捻带，睨目观物之际，皆有所遇"。明日文章，又是明日一刹那之事，相逢话到投机处，山自青青水自流，是我们强不得的。

昨晚观台大英语话剧，觉得英文口语水平线甚高，使我惊喜。自然这是因为平日训练有素，但是在台上讲外国话，这样成绩委实难得。偶尔听到两处英语轻读的毛病，to them on it 本来二字应该作一字读，等于拼为一字，tothem，onit，而把后一音组轻读。所以 them it 不应该念得太清楚，如外国人说国语，"我们"之"们"念得太清楚，就给人以"生疏"之感。我所以说这话，不是挑摘细节，是因为英语轻读，与发音流利顺口，大有关系，而平常或为教师所忽略。不会轻读字字分明，是国人学英文的通病。教得不得其法，常使许多人视外国口语为"畏途"，这都是不明轻读的道理。在法文、德文无所谓，而在英文却是特别重要。譬如道路多石子，崎岖不好走，英国本国人早已踏平了。而我们又故意把石子搬回来铺在路上，自然又不好走了。法文发音口语的音调，是如明珠落玉盘，非常停匀而整齐，而高音必在最后句末。英文却不然，其高位快慢变异之程度极大。一字之中，重读一音组，轻读就可有两三四组，一句之中十几个字，重读的可有两三个，而轻读的可占六七成。所以轻读之重要及与英文顺口流利之关系，可想而知了。

轻读，就是国语所谓轻声，国语辞典以圆点（·）标出，如，"我们"注音是ㄨㄛ·ㄇㄣ①，再说快时，"们"之元音失掉，只剩下一个ㄨㄛM。外国人说国语，学到能说ㄨㄛM，就是流利，"们"字念得太清楚，就生硬了。英文一样道理。而且轻读常含变音，这是因为我上面所谓"踏平"的关系，最平常的例，如 I can go 字 can，因为轻读，变为轻声的ㄜㄣ。教师应该不应该教呢？还是叫学生字字念得清楚，把 can 字如重读读法？又如 do you 之 do 重读是长的（ㄨ）元音，说快变为短（ㄨ）音，再说快，元音失掉，变为 d'you。我们教不教呢？还是叫学生 do you 两字分开念得清楚？叫学生字字清楚念出

---

① 旧式汉语语音标注方法。

来，将来说说行不行，拿这种口语跟外国人讲行不行？所以我在新编的英语读本，时时刻刻注意这些连音、变音、轻读、连读，不厌其详。

其实轻读就是不清楚的音，是因为轻读快读自自然然之势所成。英文据国际音标只有两种轻读的模糊音：一是"我来了"之"了"轻读音，二是"不好的"之"的"轻读音。这不是太好的福音吗？且不妨说自己学习英文的秘诀。我在圣约翰大学预科用一年半功夫，真真把英文基础弄好了。凡遇一个新字，必定找字典，而把那字的重读音组抓住，分别是长是短，其余一概不管。

譬如，nation 重读音组在 na 而其 a 是长音，须记得。以下 tion 可以不管，自然而然成模糊音。到了 national 重读音组仍在 na 但是 a 是短音，以下 tional 也可以听其自然。

又如"天主教"之 Catholic 及 Catholicism 只要记得各字重读（第一字在 Ca，第二字在 thol，都是短 a 或短 o 音），其余就应该变为模糊音（第一字 thol 应该模糊音才对，不应该读为或长或短的 o 音，第二字 Ca 变为模糊音，不应该念为或长或短的 a 音）。

又如 Japan 及 Japanese 两字最容易出毛病。第一字之 Ja 因为轻读，应该模糊，并常常省却 a 音成 J'pan 而 pan 却是极响亮的音。到了第二字，重读移到前头 Jan，成为响亮的音，而 pan 必须变为模糊音，略如轻读的"喷"响。

我想这是教英文的福音，也是教好英文的不二法门。要是初学英文时，欠了教师的指导，基础打坏了，以后英语会话可真真视为畏途了。英文拼音太狡猾了，不像德文或西班牙文差不多已做到一字母一音，一音一个字母。但是英美人已将这崎岖不平之处踏平了，我们犯不上再撒石子于已踏平的路上，故意叫学生难走。

我杀了一个人

孔子曰，上士杀人用笔端，中士杀人用语言，下士杀人用石盘。可见杀人的方法很多。我刚会一位客，因为他谈锋太健了，就用两句半话把他杀死。虽然死不死由他，但杀不杀却由我，总尽我中士之义务了。

事情是这样的。我虽不信耶稣，却守圣诞，即俗所谓外国冬至。几日来因为圣诞节到，加倍闹忙，多买不应买的什物，多与小孩打滚，而且在这期中似乎觉得理应特别躲懒，所以《中国评论周报》之《小评论》的稿始终未写。取稿的人却于二十分钟内要来了。本来我办事很有系统，此时却想给他不系统一下。我想一人终年规规矩矩做事，到这节期撒一下烂污，也没什么。就使《中国评论周报》不能按期出版，中国也不致就此灭亡罢？所以我正坐在一洋铁炉边，梦想有壁炉观火的快乐，暂把胸中挂虑，一齐付之梦中炉火，化归乌有，飞上青天。只因素来安分成性，所以虽然坐着做梦，却是时时向那架打字机丢眼色。结果，我明晓大义，躲懒之心被克服了，我下决心，正在准备工作。

正在这赶稿之时，知道有文章要写，却不知如何下笔，忽然门外铃响。看了片子，是个陌生客。这倒叫我为难，因为如果是熟客，我可以恭祝他圣诞一下，再请他滚蛋。不过来客情形又似十分重要。所以我叫听差先告诉来人，我此刻甚忙，不过如有要事，不妨进来坐谈几分钟。他说事情非常紧要，于是进来了。

这位先生，穿得很整齐，举止也很风雅。其实看他聚珍版仿宋的名片，也就知道他是个学界中人。他的额额很高，很像一位文人学者，但是嘴巴尖小，而且眼睛渺细，看来不甚叫人喜欢。他手里拿着一个纸包。我已经对他不怀好意了。

于是我们开始寒暄。某君是久仰我的"大名"而且也曾拜读过我的"大作"。

"浅薄得很。先生不要见笑。"我照例恭恭敬敬地回答。但是这句话刚出口，我登时就觉不妙。我得了一种感觉，我们还得互相回敬十五分钟，大绕大弯，才有言归正传的希望：到底不知他有什么公干？

老实说，我会客的经验十分丰富。大概来客越知书识礼，互相回敬的寒暄语及大绕大弯的话头越多。谁也知道，见生客是不好冒冒昧昧，像洋鬼子"此来为某事"直截了当开题，因为这样开题，便不风雅了。凡读书人初次相会，必有读书人的身份，把做八股的工夫，或是桐城起承转伏的义法拿出来。这样谈话起来，叫做话里有文章，文章不但应有风格，而且应有结构。大概可分为四段。不过谈话并不像文章的做法，下笔便破题而承题；入题的话是留在最后。这四段是这样的：（一）谈寒暄，评气候；（二）叙往事，追旧谊；（三）谈时事，发感慨；（四）所要奉托之"小事"。凡读书人，绝不肯从第四段讲起，必须运用章法，有伏，有承，气势既壮，然后陡然收笔，于实为德便之下，兀然而止。这四段若用图画分类法，亦可分为（一）气象学；（二）史学；（三）政治；（四）经济。第一段之作用在于"坐稳"符于来则安之之义。"尊姓"、"大名"、"久仰"、"夙违"及"今天天气哈哈哈"属于此段。位安而后定情。所谓定情，非定情之夕之谓，不过联络感情而已，所以第二段便是叙旧。也许有你的令侄与某君同过学，也许你住过南小街，而他住过无量大人胡同，由是感情便融洽了。如果，大家都是北大中人，认识志摩，适之，甚至辜鸿铭，林琴南……那便更加亲挚而话长了。感情既洽，声势斯壮，故接着便是谈时事，发感慨。这第三段范围甚广，包括有：中国不亡是无天理，救国策，对于古月三王草将马二弓长诸政治领袖之品评，等等。连带的还有追随孙总理几年到几年之统计。比如你光绪三十年听见过一次孙总理演讲，而今年是民国二十九年，合计应得三十三年①。这便叫做追随总理三十三年。及感情既洽，声势又壮，陡然下笔之机已到，于是客饮茶起立，拿起帽子。兀然而来转入第四段：现在有一小事奉烦。先生不是认识××大学校长吗？可否请写一封介绍信。总结全文。

---

① 此处似为作者笔误。

这冬至之晨，我神经聪敏，知道又要恭聆四段法的文章了。因为某先生谈吐十分风雅，举止十分雍容，所以我有点准备。心坎里却在猜想他纸包里不知有何宝贝，或是他要介绍我什么差事，话虽如此，我们仍旧从气象学谈起。

十二宫星宿已经算过，某先生偶然轻快地提起傅君来。傅君是北大的高才生。我明白，他在叙旧，已经在第二段。是的，这位先生确是雄才，胸中有光芒万丈，笔锋甚健。他完全同意，但是我的眼光总是回复射在打字机上及他的纸包。然而不知怎样，我们的感情，果然融洽起来了。这位先生谈的句句有理，句句中肯。

自第二段至第三段之转入，非常自然。

傅君，蜀人也。你瞧，四川不是正在有叔侄大义灭亲的厮杀一场吗？某先生说四川很不幸。他说看见我编辑的《论语》半月刊（我听人家说看见《论语》半月刊总是快活），知道四川民国以来共有四百七十七次的内战。我自然无异辞，不过心里想："中国人的时间实在太充裕了。"评论报的佣人就要来取稿了。所以也不大再愿听他的议论，领略他的章法，而很愿意帮他结束第三段。我们已谈了半个多钟头。这时我觉得叫转入正题，也不致出岔。

"先生今日来访，不知有何要事？"

"不过一点小小的事。"他说，打开他的纸包，"听说先生与某杂志主编胡先生是戚属，可否奉烦先生将此稿转交胡先生？"

"我与胡先生并非戚属，而且某杂志之名，也没听见过。"我口不由心狂妄地回答，言下觉得颇有中士杀人之慨。这时剧情非常紧张，因为这样猛然一来，不但出了我自己意料之外，连这位先生也愕然。我们俩都觉得啼笑皆非，因为我们深深惋惜，这样用半个钟点工夫做起转承起伏正要入题的好文章，因为我狂妄，弄得毫无收场，我的罪过真不在魏延踢倒七星灯之下了。此时我们俩都觉得人生若梦！因为我知道我已白白地糟蹋我最宝贵的冬至之晨，而他也感觉白白地糟蹋他气象天文史学政治的学识。

车游记

　　我照例的在汽船刚要开走时到达码头。我是到漳州去的。漳州是我的家乡，也是我的麦加。我已好多年不回家乡了，我想没有别的游子回乡会比那天十二日的早晨我的回乡更感到亲切喜悦的了。从厦门到漳州大约有三十五哩，已经有一条公路筑成，长途汽车线也已经在通行，想来可以在一小时半中把我们送到那边。我觉得这是我进大学以来我国的很大的进步。

　　小汽船是从厦门岛出发送我们到和漳州相连的陆地上的。船中已有了二十个左右的乘客，其中有两个女学生和一个举止阔绰的南洋商人，他带着金的手表和衔着金镶边的烟斗。他大约四十岁左右，似乎有些油滑，还穿着短袜，这倒提醒了我，厦门还是十分寒冷的。他大声的说着话，似乎每个人都能够听见而且每个人都应该听见。"苏拉巴亚……暹罗……安南……苏拉巴亚……"的声音滔滔不绝的在他口中说着。他的身旁是一个温柔的女子，并不难看，可是她那沉重的金镯，金链，金锁却显得格外炫耀，那女学生注视着这女子格格的说笑着。她们肩上都围了很厚的绒披肩，很像西班牙人所穿的那样。她们还穿着很短的裙子，这样更显得她们只剩下一件披肩和一双腿了。这和那南洋商人妻子恰好是一个对比。一方面是旧时中国而另一方面却是现代中国，而且现代中国在窃笑着旧时中国。现代中国——不如说二个现代中国的头发是剪短了而且烫过了的。

船行过厦门运河的这一段通常总是非常危险的，可是这一早凑巧平静无事，看不见白浪滔天只见到平静的海面略有酒窝地微笑着。一刻钟，我们到了陆地上公路尽头的松宿（译音）。有一座巨大的绝壁高耸在海边，上面立着一个大的油池和一幢亚细亚火油公司的住屋。那山崖大约高三四十呎，就是在这平静的早晨，海潮还喧哗的冲刺着岸石。在和煦的日光下，那悬崖呈现了一座淡蓝微紫的山墙，逐渐的向底部变成了土红，向上面又慢慢的变为淡灰，一直到表面上为青绿所掩盖，和游驰在蓝色天空中的海云相接。这是多么美丽的景象，如果在一个昏暗的风雨之夜，那景象又该更美丽的了，你可以设想这孤独的悬崖正十足像 Grillparzer 的 Hero and Leander 的背景，在那里 Leander 泳过了运河，攀登了岸石，向那美丽羞怯的 Hero 唱着情歌。如果我们把幻想发展一些，试把那运河当作 Hellespont，把那油池当作 Hero 瞧见 Leander 的塔，他们的热情便跟着风啸的高低和海面的激荡而起伏。Grillparzer 自己在他一天早上发现 Leander 在海边岸石下洗澡的时候，他是不会觉得奇怪的。

小汽船到了后，我们购了车票，可是不见有长途汽车。车子有三辆，但全都装满了兵了。我知道汽车公司的十二辆车中，八辆早给征去军用了。我问车站长："车子哪里去了？"

"它们躲在离这里不远的地方。它马上会来的。现在去叫是没用的。等我们先运完这些丘八们，否则他们会把我们的车子全给拿去的。"

果然，兵很快的去了，车子也马上出现了。旅客们全都爬上车子。我幸运地上了第一辆到的车子，并且找得了一个前面的座位。那个油滑的南洋商人和他的妻子跟我坐在一辆车子上，二个女学生都坐到别辆上去了，现代中国和旧时中国于是分离了。突然，我听到后面好像吵了起来。有二个兵没有票子走了进来。查票员叫他下车去买半票，但他们拒绝了，宁愿就在车上付钱。

"如果大家都在车上买票的话，那车房还有什么用呢？"司机说了，"时光还多着呢。"

奇怪的，那两个兵全愤怒地从袋里拿出一块钱来，交给了查票员。

"福建这地方真腐败！交通情形这样坏。"其中一个用河南口音说着。

那油滑商人也是没有票子上车的。"你应该研究人民的心理学。"他说了，特别着重"研究"、"心理学"两个名词。"大家当然都想先抢得座位的。"从这一点天性上，我承认这个商人是我的真正同胞。

"福建这地方真腐败！"那兵又重说了一遍，可是这次却没有再从这商人那里引出什么评语来。

我们的旅行就有了不幸的开始。当车子要启行时，司机发现接合踏板的弹簧坏了。过了好几分钟，并非机械匠的司机在踏板旁蹲着束手无策。踏板既已坏了，就无法再移动齿轮，那全程就得单用第二挡齿轮了。我们的爬上走下，多少有些使我不快之感，恶的征象在开始了！

可是问题还在如何先设法开动。第三辆车便用来推动我们的一辆。也许因为找不到的缘故，他们不用绳子拖，反而叫第二辆车子在后面冲撞一下。每一冲撞，我们车子的机器便轧轧的转动了一下。在我想来，这车子的折旧该以每年百分之七十五来计算吧。可是不久，车子在一个沙滩里跳了起来。有几个女人和一个女孩都大惊失色，要求立即下车。司机坚持地说这是没有什么的，只是有一个轮子被沙黏住了不能开动一步罢了。油滑的商人于是决定说那个女孩如果愿意下去的话，是有下车的权利（又是一个新名词）的。事实上我们为了减轻载重全都得下车来的。

最后，车子推了出去，我们再爬上我们的座位，南洋商人提议着每个人应各归原位。来了一个新的司机，在转动发动机时，立即发现他能够开动车子了。他一开动后，就没有停止过。可是现在是在第三挡齿轮上，而我们的旅程也便全系在这第三挡上。当我看见前面有一个山坡地我们必须开过时，我小心地问那司机怎样开过去。"用每小时四十五哩的速度开过它。"他说。他也真的这么做了。因为这里全是山坡地，所以这样高度的山坡是很多的，而司机也总是愉快的用最高速度开了过去，和火奴鲁鲁海边的驾破浪板者那样开过波浪一样。"这经验可真了不起！"我这样的对司机说。他是一种大胆鬼，他红了一只眼睛，戴了一顶半支橘子形的毛织便帽。

这样就很顺利地一直开到了一个车站，有一些乘客下了车。可是这以后不但车子不肯动了，连引擎都不转了。

"互助！"南洋商人高声喊了出来，提议叫另一辆车来拖我们的。可是哪儿有绳呢？幸运的，我们在站上找到了一些还算粗的电线，分四根缚在两辆汽车上，两车相距约三丈左右。当我们动身以前，有一个人持了一些日本面粉厂的历本跑来免费分送，高喊："老法历本！老法历本！"听到这意外的招呼，大家全都拥去抢了。就连那站长也奔出来拿到了一本。老法历本是禁用的，可是全国却都极需要它。

于是我们便又出发了。第一辆车子拖了我们得意扬扬地在前面开着。四根电线是很难弄成一样长的，所以事实上，车子的份量有时全倚靠在一根线上。有时很快转弯而接着一个下降，这线于是拉断了。于是我们只剩了三根。可是这三根并没有比上次好些，不久又断了一根。我们同时就把剩下的电线缩短了一些。这样经过了几次的缩短，两车的距离只剩了二丈。两车随时会互撞的。我是一直提心吊胆着。

"还是小心些好。"我对司机说。

"不要怕。"红眼的大胆鬼说，"我也是要性命的。"

"可是你还没有结婚啊，我是结了婚的。"我还规劝着说。

这给了那商人感化那些乘客的机会，他偶或是胜利的，我们也放弃了到漳州吃中饭的希望。拖车子的电线又中断了，这次我们却决定让那一辆汽车先开去，等它再回来接我们。我们立等着。这时乘客都在讨论着旧时的漳厦铁路的功过，这条铁路曾光荣地被《大英百科全书》提及过。可是现在已给一些福州老鼠们吃光了。在路经松宿我曾注意到在那些火车上，还有着福州鼠留剩下来的骨骼的。这充分的证明了这些东西是不能供别的老鼠来咀嚼了。我还看到半节火车的骨架还伫立着。我不知道百科全书的第十四版美国版会不会再提起它的；可是如果提起的话，这是该除去的。老鼠们早已嚼了它们，消化了好久了。

有一个故事讲到一个乘客要司机等他在饭店吃了面再开。司机告诉他火车是不能等的，但他如吃了面赶回来是来得及的。

在二时，那辆车子来了，我们便换了车，开往漳州。直到现在，我总没有忘怀那油滑商人和那红眼司机的脸。

回忆童年

　　我生于光绪廿一年乙未（一八九五年），就是《马关条约》割让台湾给日本那一年。我父亲是热心西学热心维新的人，所以家里一面挂着一幅彩色石印的光绪皇帝像，一面挂着一个外国女孩子的像，她堆着一个笑脸，双手拿着一顶破烂草帽，里边盛着几个新生的鸡蛋。我母亲喜欢它，所以挂起来。这便是我的家。我母亲的针线篮里，有一本不知怎样流落到我家的美国妇女杂志，大概所谓 *Slick Magazine*，纸张是光滑的。母亲用那本旧杂志来放她的绣线。

　　影响于我最深的，一是我的父亲，二是我的二姐，三是漳州西溪的山水。尤其是西溪的山水。父亲是维新派，又是做梦的理想家，他替我做着入柏林大学的梦。二姐是鼓励我上进读书成名的人。以外我有一个温柔谦让天下无双的母亲，她给我的是无限量的母爱，永不骂我，只有爱我。这源泉滚滚昼夜不息的爱，无影无踪，而包罗万有。说她影响我什么，指不出来，说她没影响我，又瞻之在前，忽焉在后。大概就是像春风化雨。我是在这春风化雨的母爱庇护下长成的。我长成，我成人，她衰老，她见背，留下我在世。说没有什么，是没有什么，但是我之所以为我，是她培养出来的。你想天下无限量的爱，是没有的，只有母爱是无限量的。这无限量的爱，一人只有一个，怎么能够遗忘？

我们家居平和县坂仔乡，父亲是长老会牧师。坂仔又称东湖，在本地人，"湖"字是指四面高山围绕的平原。前后左右都是层峦叠嶂，南面是十尖（十峰之谓），北面是陡立的峭壁，名为石缺，狗牙盘错，过岭处危崖直削而下。日出东方，日落西山，早霞余晖，都是得天地正气。说不奇就不奇，说奇是大自然的幻术。南望十尖的远岭，云霞出没。幼年听人说，过去是云霄县。在这云山千叠之间，只促少年孩子的梦想及幻想。生长在这雄壮气吞万象的高山中，怎能看得起城市中之高楼大厦？如纽约的摩天楼，说它"摩天"，才是不知天高地厚，哪里配得上？我的人生观，就是基于这一幅山水。人性的束缚，人事之骚扰，都是因为没有见过，或者忘记，这海阔天空的世界。要明察人类的渺小，须先看宇宙的壮观。

又一使我不能忘怀的是西溪的夜月。我十岁时，父亲就令我同我的三哥（憾卢）四哥（早殁）到厦门鼓浪屿入小学。坂仔到厦门有一百二十公里，若是船行而下，那时须三四天。漳州西溪的"五篷船"只能到小溪，由小溪到坂仔的十二三公里，又须换小艇，过浅滩处（本地人叫为"濑"）船子船女须跳下水，几个人把那只艇肩扶逆水而上。但是西溪五篷船是好的。小溪到龙溪，一路山明水秀，迟迟其行，下水走两天，上水须三天。幼年的我，快乐无比的享受这山川的灵气及夜月的景色。船常在薄暮时停泊江中。船尾总有一小龛，插几根香，敬马祖娘娘，也有设关圣帝位。中国平民总是景仰忠勇之气，所以关羽成为大家心悦诚服的偶像。在那夜色苍茫的景色，船子抽他的旱烟，喝他的苦茶。他或同行的人讲给我们听民间的故事。远处船的篝灯明灭，隔水吹来的笛声，格外悠扬。这又叫我如何看得起城市中水泥笔直的大道？

　　父亲幽默成性，常在讲台上说笑话。但他也有义愤填膺的时候。他身体很健旺，是幼年穷苦练出来的。我幼时常看见他肩上的疤痕。我祖母也是强壮的。他曾经在本乡五里沙，用挑担的木棍（叫"稟担"）把男人赶出乡外。他告诉我们小时肩挑卖糖，天雨时祖母又赶紧炒豆，叫他挑卖豆仔酥。又因为去监狱卖米，较得厚利，也挑米到监狱去卖。祖母是基督教徒，洪杨之乱，祖父给"长毛反"抓去当挑夫，因此母子两人挣扎过活。父亲二十四岁，才入教会的神学院，中文自然是无师自通的。因此他常同情于穷家子。我母亲也是出身寒微之家，常在门前见有过路挑柴卖菜的，她总请他们进来喝一碗茶休息。有一回乡绅作怪，县里包柴税。乡下人上山采柴，挑几十里路来平原卖。一挑可卖到一百二十文。这包税制度，是鱼肉乡民的，没有政府规定。坂仔有五天一次的市场，乡下人都来买卖。有一回父亲遇见那位乡绅，硬要卖柴的人，每挑纳七十文的税。父亲挺身出来，与乡绅大闹，并说要告到县里去。乡绅才销声匿迹而去……

　　说到我二姐，真使我感激而又惭愧。她聪明美丽，想入大学而无法入大学；我能进大学，是占了她的便宜。我们乡下的家，就是家庭学校。乡下人起来早，男孩子管洗扫，在家里汲井水入水缸及灌园，女孩子管洗衣及厨房。那时我母亲已五十以上了，家里洗衣烧饭是她管的。暑假夏天，大家回来，早餐后就摇铃上课，父亲自己教，读的是"四书"、《诗经》，以外是《声律启蒙》及《幼学琼林》之类。一屋子总是咿唔的读书声。我记得约十一时，二姐必皱着眉头说她得烧饭或者有衣待洗去了。下午温习，日影上墙时，她又皱着眉头，说须去把晾的衣服收进来，打叠后，又须烧晚饭。她属虎，比我大四岁。我们共看林琴南译的说部丛书，如《福尔摩斯》、《天方夜谭》之类。还有一次，我们两人，口编长篇小说，随想随编，骗母亲取乐，并没有写下来，记得有一位法国侦探名为"库尔摩宁"，这是我们骗母亲的。

　　二姐在鼓浪屿毓德女校毕业，就吵要上福州入学高造。这怎么可能呢？我父亲生六男二女，又好做梦，要男孩子都受高等教育，自然管不到女的了，而且女大当嫁，是当时的风气。记得听父亲对朋友讲，要送二哥到上海约翰大学，是将漳州唯一的祖母传下来的房屋变卖了。到了签字卖屋之时，一颗泪滴在契约纸上。到福州上学，教会学校可免学费。但是当川资杂费一年就得至少六七十元。这就无法筹措。所以我二姐上进求学，是绝无希望的。

　　她那聪明的头脑，好读书的心情，我最晓得。她已二十岁了，不嫁何待。但是每回有人说亲，母亲来房中向她说，她总是将油灯吹灭，不说一句话。父亲在做狂梦。夜里挑床头的油灯，口吸旱烟，向我们讲牛津大学怎样好，柏林大学是世界最好的大学。牧师的月规只廿四元，这不是做狂梦吗？（他看了不少上海广学会的书，所以知道这些。）所以我的二姐就不得不牺牲了。

　　到了她二十二岁，我十八岁，要到上海圣约翰大学念书（钱是借来的），她要到山城结婚，毁了她求学的美梦。她结婚是不得已的，我知道。我们一家下船，父母送女子婚嫁，送小孩远行留学，同船沿西溪到那乡镇。未结缡之先，她由新娘子袄里的口袋拿出四毛钱含泪对我说："和乐，你到上海去，要好好的念书，做个好人，做个名人，我是没有希望了。"这句话是不啻镂刻在我的心上，这读书成名四字，是我们家里的家常话，但这离别的情怀又不同了。那话于我似有千钧重的。

　　过了一年，我回家，沿路去看她。她的丈夫是追求她多年的中等人家的少年，家里薄有家产。婆婆非常自傲，娶得这一门媳妇，总算衣食无忧。她问到我学到什么英国话。我告诉她。匆匆行别，也诉不到多少衷曲。我秋天回上海，听见她得鼠疫死了，腹中有孕七月。她的坟还在坂仔西山地基。

我喜欢同女子讲话

我最喜欢同女子讲话，她们真有意思，常使我想起拜伦的名句：

> "人是奇怪的东西，女子是更奇怪的东西。"
>
> "What a strange thing is man! And what a stranger is woman!"（原双关语）

读者不要误会，我是恶女性者，如尼采与叔本华。我也不会如孔夫子那样慷慨豪爽地说："唯女子与小人为难养也，近之则不孙，远之则怨。"这句话是侮蔑女性。

我喜欢女人，就如她们平常的模样，用不着因迷恋而神魂颠倒，比之天仙；也用不着因失意而满腹辛酸，比之蛇蝎。女人的理论每被男子斥为浮华，浅薄，重情感，少理智。但是女子的理智思想比男人实在。她们适应环境，当机立断的能力也比我们好。也许她们的主张，常说不出理由来，但是她们的直觉是不会错的。她们说"某人不好"，某人便是不好，你要同她们分辩是无用的，而事实每每证明她们无理由的直觉是对的。这就是她们著名的"第六官"（the sixth sense）。在她们重情感少理智的表面之下，她们能攫住现实，不肯放松。男子只懂得人生哲学，女子却懂得人生。女子常是很明白男人之心理，而男人却永不会了解女子。男人一生吸烟、田猎、发明、考据、造桥、编曲，女子却能养育儿女。这不是一种可以轻蔑的事。虽然现代女子意见一定不同了。但如一点平常道理不明，女子的伟大永远不会发现。假定世上没有母亲，单有父亲看管婴孩，一切的婴孩必于二岁以下一齐发疹死尽，即使不死，也必未满十岁流离街上而成扒手。小学生上学也必晚到，大人们办公也不照时候，手帕必积几月不洗，洋伞必月月新买，公共汽车也不能按表开行。世上无女子，将无人送红鸡蛋，也必定没有婚丧喜事，尤其一定没有理发店。是的，人生之大事，生老病死，处处都是靠女人去应付安排。种族之延绵，风俗之造成，民族之团结，礼教之维持，都是端赖女人。没有女子的世界，必定没有礼俗、宗教、传统及社会阶级。世上没有天性守礼的男子，也没有天性不守礼的女子。假定没有女人，我们必不会居住千篇一律的弄堂。而必住在三角门窗、八角澡盆的房屋。而且也不知饭厅与卧室之区别有何意义，男子是喜欢在卧室吃饭，在饭厅安眠的。

　　以上一大片话，无非所以证明女子的直觉，远胜于男人之理论，男子不得以理论之长，而自鸣得意。女子之行未必不及男人之知。这一点既明，我们可以进而讨论女子理论及谈话之所以有意思。其实女子之理论谈话，就是她们行之一部，并非知之一部，是与生老病死同类的。在女人的谈话中，我们找不到淡然无味的抽象名词，我们所听见的，都是会活会爬会嫁娶的东西。比方女子介绍某大学的有机化学教授，必不介绍他为有机化学教授，而为云南先施公司经理之舅爷，而且云南先施公司经理死时，她正在九江病院割盲肠炎。从这一出发点，她可向日本外交家的所谓应注重的"现实"方面发挥——或者先施公司经理的姐姐就是袁麻子的夫人的妹妹，或者九江医院割盲肠炎的苏医生为人真好，无论谈到什么题目，女子是攫住现实的。她知道何者为饱满人生意义的事实，何者为学者无谓的空谈。所以《碧眼儿日记》中的女子游巴黎，走到 Place Vendome 的历史有名的古碑，偏要背着那块古碑而仰观对过"历史有名的名字"Coty 香水店的老招牌，"以增长她的学问"。你想只消凭直觉以 Vendome 与 Coty 相比，自会明白 Coty 是饱满人生的意义的，而 Vendome 却不然。同样的，云南先施公司经理的舅爷是活的，而有机化学却是死的。人生是由生、死、疹子、天花、香水、丧殡而结合的，并非由有机化学与无机化学而造成的。自然，世上也有班昭、李清照之流。也有 Beatrice Webb，Madame Curie 之一类学者，但是我是讲普通的一般女人。以下便是一个例子。

"×是一大诗人。"我有一回在火车上与同房的女客对谈，我说，"他的文字极其优美自然。"

"你是不是说 W？他的太太是放足的。"她嫣然地回答。

"是的。就是他。"

"这个人，我看见他的诗就讨厌。他常常同太太吵架。"

"假使你的厨子有了外遇，你便觉得他的点心失了味道吗？"

"那个不同。"

"正一样。"

"我觉得不同。"

"感觉"是女人的最高法院。当女人将是非告诉于她的"感觉"之时，明理人当见机而退。

安徽之行

　　一个人如果感到很重的伤风，很难写作旅行记事。我想没有一个人在旅行之后，不觉身体有点难过。好的生活还是有规律的生活。小学生在星期一早晨总是心不在焉，较远在复活节休假后也是心不专注。周末旅行之后，每个人都是叨叨不休地谈着。他叨叨不休地谈着是因为神经在刺激以后，不能专心致事。他的神经留着各种感觉与记忆，如梦似的回想路上的尘土，清凉的山风，面色苍白的和尚，声音清越的村姑。直到现在，经过一个长夜十二小时睡眠后，我的神经仍保留着这些感觉印象。但是我睡得很好，几年来都没有那样的好睡过。一个人对于旅行的好处"唯有在返家后把头倒在旧的枕头上才能感觉到"。如果我还能那样的再睡一次，那是我一切在所不计的，单是那样的好睡一夜，已足以补偿旅行时一切的体质亏损了。

　　那宛如一个梦境，幻然无定的一个梦境。我记得沿着悬崖上弯曲的汽车公路，行到田径的山景里边。景象随时变化不停，不久便不以这种变化为奇。于是打盹欲睡，忽闻朋友叫声："啊！那个山巅多好！"如果不是看见好的山巅，便是一个好看的农舍，门户掩闭，桃花竟开，我的朋友是一个诗人（即郁达夫），于是作诗一首。我还记得末两句是：

> 天晴男女忙农去
> 闲杀门前一树花

这一幅景象建在新筑成的杭州徽州公路上。（我写这篇文章，原是因为浙江省政府免费招待，所以想做点宣传，报答他们的厚意。但是我写此文的真正目的，是在使春假期内匿居在上海的人们感觉羡慕，使他们自恨不能作此一行。）

此次旅行之后，有三件事深留在我的印象之中，是最足为读者所羡慕的。第一，自然是公路边离唐家洞不远的花岗石天然游泳池。由唐家洞至昱岭关的那一段公路，是全程最富有风景的地方。昱岭关是浙江安徽分界的隘口。在那些风景之中，那座花岗石的游泳池首居其上。其实路旁共有三个类似的游泳池，深约五英尺，长一二百码。水是绿花岗石色的，水底卵石清晰可见。一个池子是以一块平面大石围底。我就想夏日到此，是何等的美，看见少女在此游泳又是何等的美。这实在是一幅壮丽的景致，附近有牧场村落，周围有山峰环抱，中心有一水池，俨若瑞士美景。如果要建筑避暑旅店，应当选择这个地方。

　　此外应当说到天目山的松林竹丛。由藻溪汽车站乘肩舆三时可达，由杭州乘汽车两时半可达藻溪。山园寺位于山底，为僧道居所，置有睡床五百，招待每年朝山进香之人。其中有上等床位二十，招待甚佳。和尚菜餐很好，宿舍旁有一山池，瀑布腾然而下。十六世纪时袁中郎旅行至此，谓其友晚上误以瀑布为雨声，恐次日不能继续游览。直到现在，旅行至此的人听到这如雨的瀑布声，也会安然熟睡。寺后有繁茂竹丛松林，遍于天目山西首，高达百余英尺，游者多乐而忘返。

　　最后应当谈到屯溪，这是安徽南部主要的商业中心。本地人呼之为"小上海"，有崎岖公路可至徽州——旅程约需一小时。但是游览该地胜景，足以补偿车行艰难。我们睡在私家大船上，广赏水上胜景。一层一层的山巅由平地而起，一条宽约百尺的河流绕经山谷而流。春日下午在河岸散步，任何人都会变成诗人，按中国沿俗说来，举世闻名的美女诗人都生于此地，我也有点半信。有些朋友说他们在那里见美女，但是我以为此地风景过于媚人，自然使他们有偏徇的判断。

家园之春

　　我从安徽旅行回来，看见了家园之春。她的脚步已轻轻地踏上了草地，她的手指已抚着了蔓藤，她的气息已吹及了柳枝与嫩桃树。因之，我虽然没有看见她来，我却已知道她确在了。那青翠得与它们所生长的枝条一样的玫瑰蓓蕾又重新呈现了；蚯蚓又在园中的花台上钻起一小堆泥土而发现了；甚至我一段段砍下来的一两尺长的白杨枝，堆放在园场上的，也萌出了青葱的新叶，完全成了一件奇迹。而今过了三个星期以后，我已能看见叶片的影子在一个阳光明媚的日子在地上舞摆了，这是一种我已有好久不曾看见过的景象。

　　但对于动物——人类的动物与动物的动物——那情形可便不同了。各处都有一种忧郁；也许不是忧郁，但我没有别的字可用了。春天使人忧郁，春天使人昏昏欲睡。其实是不会如此的。我知道，如果我是一个农家孩子，或如果我家里从主人到厨子每个人，只得去看牛，我想我们一定不会对于春天感到忧郁的。但我们却是住在城里，而城市却使你忧郁。我想我现在已找到了那字眼了。这叫做"春热病"。

大家都有一种春热病的，连我的狗朱蓓也在内。我到安徽去小游了一次。看看玉灵观的绿溪，已治好了我的春热病。但我曾在我的厨子面前夸耀过我的小游，而他恰好又是一个安徽人，这倒使我极为忧郁起来了。因为他在春天却在洗碗碟，切红萝卜，收拾厨房器具，这使他感到忧郁。我的男仆，一个高大黝黑的江北农人，却在揩窗，擦地板，开信箱取信，终日为我倒茶，那却使"他"忧郁。

我们又有厨子的妻子，在我们家里当洗衣妇。我很喜欢她，因为她极谦卑，相貌也很好，有着一个中国女孩子所有的一切美德：她闭着嘴一天到晚地劳作，用她那半放的小足到处走着，只是熨着衣服不开口，她笑起来并不格格狡笑，而只是自然地大笑，说起话来则低声低气的。也许只有她一个人不感到忧郁，因为她高兴着在我们的园子里已有了春天，那里有了许多青翠，许多绿叶，许多树，以及那么好的轻风。她高兴，她满足。但这又怎么呢？事情真是不公平的。她丈夫总拿了她的工钱去赌博，有一次甚至打她，直到我的妻子以如果以后再如此便歇掉他——不管他能做得最好的菜汤——这话来吓着他才住手。他从不肯带她出去，所以她整年地住在屋子里。最后，便是王妈，那个有实权的管家妇与我的孩子领姆，她的工作是照管一切事情是否合式。当她看见我的长袍随手放在床上或安乐椅中时，便把它放到衣橱里去。有了她，一切便都井井有条，春天也没有什么异样了。我想她大约已有四十五岁以上的年纪，因此她一生已看见过了四十五个春天，她对于春天已无所感动了。我委实很尊视这二个女仆，因为她们二人都有着最好的传统的中国教养。她们两人既不贪婪，又不多说话，她们都一早便起身照管家事，而且她们二人遇有必要时，都很适宜于照管我的孩子。

但我是说春热病的。那厨子，一个漂亮的小滑头，渐渐地有点不耐于他的工作，做的菜也比平常差了。他大部分时间都烦躁不安，叫他的妻子洗着碗碟，以便他自己可以早一点出去。还有阿金，那男仆——他真是一个高个子——有一天也走来对我说他要在下午请半天假。阿金请假！我真十分惊奇了。我本来对他说每月可以有一天休假，但他却从来不曾休假过。而现在他却要请半天假，"同一个他的乡下来的人办一件重要的事情"。所以，他也得了春热病了。我说道："好的，你不要同你的乡下朋友去办要事；到新世界或大世界去玩一回，或雇二只舢舨，如果你不能划，便只是坐着玩一回吧。"我嬉戏地笑着道，而他也以为我是一个很好而和气的主人。

当阿金离开我家时，也有别人离开了他们的办事处而到我的花园里来，那便是开×书店里的送信童。他已有好久不见了，因为在上个月中送稿子，送校样，或信件的是一个大人，现在这个孩子一定来接了他的地位，又到我家里来送校样，或一封信，或一本杂志，或甚至来望望我了。那孩子，我知道他住在东区，那里你只能看见一片片的墙壁，后门，残食桶，以及水门汀地，周围没有一片青叶的。不错，青叶也能从石缝中生长，但是不能够从水门汀地上的罅缝里生长的。所以他每天或隔天一定要到我家里来，而且一定要逗留一回，留得比必要的时间长得多。因为至少我的园中是有着春天了。当然，他并不是出来游春的，他只是坐了脚踏车到西区去给林语堂先生送一件重要的信哩。

在动物中也有一种忧郁的，我所说的是真正的动物。朱蓓是一个独身者，在春天还未到时，它是一条很满足的狗。我总以为我的花园是宽大得已很够它到处玩了，所以我从不放它出去，因为我如果牵了朱蓓到乡下地方去散步，我是不感到什么特殊的愉快的。而朱蓓又走得那么快，我得拼命的赶才能赶得上它。但现在这花园对它却不觉得大了，甚至快跑也不够了，不管那一切骨头与可口的剩食。当然，这不是那些事。我知道它的。它需要"她"，不管是一个漂亮小东西，或黑美人，美的或丑的，只要是"她"。但我有什么办法呢？我对于这件事情毫无办法，所以朱蓓也很忧郁。

还有我们的小鸽巢中也发生了一件悲剧，那里现在有一对鸽子，当我把它们买回家来时原有六七只的，但全部走了，只有这一对好伴侣仍留着。它们曾几次想在我车间的顶阁上组织家庭的，但总是没有运气。有二三次，一只小鸽子孵了出来，而总是在没有会走之前便学飞，因而跌死了。我真不爱看那大鸽子们眼中的神色，一闪一霎地，它们静静地站在对面的屋顶上完成了那丧礼。可是最后一次，仿佛它们将要得到成功了，因为小鸽子一天天地在长大起来，甚至已能走到顶阁的窗外向外面的世界望着，且已能扑动它的翅翼了。可是有一天，包车夫说那只小鸽子又死了，我们全家都为之怅然。它怎样死的呢？那包车夫曾看见它跌到地上便死了。这便要用我的福尔摩斯的脑子了。

我好奇地抚摸了那只死去的小鸽子。它颈下的肫囊，平常是一直塞饱了食物的，现在分明是空了。在鸽巢里又生了两个蛋，那母鸽又在孵着了。

"最近你可看见过那只雄鸽子吗？"我开始了查问。

"已有几天不见了。"那包车夫说道。

"你最近是什么时候看见的？"

"上礼拜三。"

"嗯！"我说道。

"你可看见那母鸽子出去吗？"我又问道。

"她不大离开窝巢的。"

"嗯！"我说道。

那一定是有了被弃的情形了。这是春热病的原因。毫无疑义，它一定是饿死的了。母鸽不能离巢她便不能为小鸽子去觅食了。

"正像一切丈夫一样的。"我自言自语道。

现在，她的丈夫抛弃了她，她的小鸽子死了，那母鸽也甚至不肯再孵蛋了。一个家庭已经离散。在对面的屋角上看了一回，对她昔日的快乐的家（那里两个蛋仍留着）看了最后的一眼，她飞开了——我不知道飞到哪里去。也许她再也不会相信一只雄鸽子了。

萧伯纳一席谈

　　我向不善欢迎要人，站码头，踱月台一类的事。这回却为事势所迫，被人挤到欢迎萧伯纳的前线，而且前线就是埋葬多少情郎痴女的黄浦江畔。在不得已伫立江畔二小时的会见，我觉得世上的水实在很多，到现在想起萧翁就会有水乎水乎之感。我们孔子也早有"美哉水"的感慨……

　　时为正午，在孙夫人客厅。萧翁正坐在靠炉大椅上，眼光时看炉上的火，态度极舒闲，精神也矍铄。大凡英国人坐在炉边时，就会如在家居的闲适，这就是萧翁此时的神态。他一对浅蓝的目光，反映着那高额中所隐藏怪诞神奇的思想。蔡先生与孙夫人都在座。但是还有几位客人未到，所以我们随便闲谈。我们谈起萧翁的二位作传者。我说赫理斯比亨德生文章好。

　　"文章好，是的。"萧氏回答，"但是赫理斯这个人真没办法。他穷极了，所以要写一本耶稣的传。书店老板不要，教他写一本萧伯纳的传。这是他作传的原因。但是他不知我的生平。他把事实都记错了。刚要脱稿时，他不幸逝世，将手稿托我出版。我足足费了三个月光阴编订纠正及增补书中所述的事实，但是赫氏的意见，我只好让他存在。"

"赫理斯说他原要写耶稣的传，但是据说下笔时情感太冲动了，所以写不下去。"我勉强凑上说。

"是的，赫理斯遇见与狂浪的人在座，他便大谈起耶稣人格之高尚，但是与安立干教牧师同席时，他又大放厥词———一如同巴黎最淫荡的神女交谈一般……他死时，只是留给他的妻两袖的清风。"

"我希望他的妻现在可以拿到这本书的版税吧？"自己想不出什么妙论可发挥。

"自然的。可笑的是，有些我的朋友写信给我，对书中许多奚落我的话提出抗议，说赫理斯不应该说这些话，而我不应该依他发表。其实这几段话是我自己写的。"

萧氏讲话之时，浅蓝的眼睛时时闪烁，宛如怕太阳光一样，使人觉得他是神经锐敏的人，有时或有怕羞的可能。最特别的，就是他如有所思时，额头一皱，双眉倒竖起来，有一种特别超逸的神气。这就是萧伯纳的讽刺书中常看见的有名的眉梢。

我看这位身材纤瘦的哀尔兰文豪，想到他纵横古今语出惊人的议论，使读其书的人，必生畏心，以为此老不可轻犯。然而一见其为人，又是朴质无华的文人本色，也是很近人情守礼法的先生。因此我想起他素来以真话为笑话的名言。常人每以为萧氏的幽默，出于怪诞炫奇，却不知这滑稽只是不肯放诞，不肯盲从，而在于揭穿空想，接近人情，撇开俗套，说老实话而已。不过要近人情说老实话就非有极大的勇气不可。谁敢奉行耶教十诫中勿撒谎的诫条，老实说婚姻是怎么一回事，恋爱是怎么一回事，便非被社会认为狂悖不可。这是萧伯纳被人认为怪诞的缘由。

在席上，萧氏谈到素食，中国家庭制度，大战，英国大学的教授戏剧，中国茶，及博士登茶等问题。他只是在他学用筷子夹物之时，随便扯谈，的当自在，诙谐俳谑，然而在我们听来，真如看天女散花，目不暇顾。

萧氏说英国大学的教授戏剧，只教人莎士比亚剧文的笺注出处，某语出于某典，某人生于何时。学生预备功课时，也尽力强记这琐碎的笺注，以应课堂上的考问，却未曾把本文一气读完，而得其神趣。结果这些学生一听见莎士比亚的名字就头痛，终身不敢翻开莎士比亚的剧本。

他又说在大战时，英国士兵与德国士兵倒没有恶感。"英国人与德国人从来不吵嘴，他们相见于疆场，只有拿起刺刀，你不杀死我，我便杀死你完事。但是英国人却痛恨法国人，法国人又痛恨美国人，到了欧战将终的时候，这联军的恶感已达到极点。

"我们以前常讲战士的英勇。但是欧战以来英勇已成历史上过去的事实。大战中没有人说他自己的勇气，只有说他的恐惧。现代战争的残酷凶狠，已到极点，凡头脑清楚则稍自爱的人都非屁滚尿流不可。

"我曾经听见一般尚战论者，大谈战争有益于人类的品性，鼓励牺牲，英勇，大无畏精神，就对这些人提出一种消灭战争的方法。我提议我们在每年秋操时候，废除阅操典礼，因为这阅兵是不杀人的，所以不会提高人类的品性，应该叫那些尚战论者自己到野外去，真枪实弹去互相厮杀。如此可以满足他们食人的野性。"

餐后大家到花园中。那时清凉的阳光射在萧翁的白发苍髯，萧氏人又高伟，有一种庄严的美丽。这几天是连日微雨，所以我们想萧氏对于上海的印象未必太好，上海的云天太便宜了。

"萧先生，你福气真大，可以在上海看见太阳。"有一人说。

"不，这是太阳的福气，可以在上海看见萧伯纳。"这位机智的哀尔兰人回答。

我想到穆罕默德的名言："穆罕默德不去就山。让山来就穆罕默德。"

我的书室

在《人间世》上我刊出一篇姚英小姐的文章——她其实已是一位太太了，但她并不是姚英太太，而在英文中，要称呼一个女子的名姓，又没有方法可以不提起她结过了婚没有。如果提及一个著名的女作家，当你用"太太"这个称呼来介绍她时，而不提起她的名字，那便更加不敬了。在中国，至少，我们可以用"女士"这一个称呼而避免自己碰钉子，又用同样的方法我们可以用第三人称而不加辨明是"他"或"她"——只有在华夏之都才有的一种两性平等测度。我想，我们何以不能只用一个属类名称"M"来称呼一个人，而让人家好奇地去玩味这到底是一个已婚或未婚的"他"呢，还是一个已婚或未婚的"她"？好了，且说 M 姚英写了一篇说她处理书室中书籍的方法的美妙的文章，那方法，同我的竟那么巧合，要是我对于这一点以前曾发表过只字，或以前曾同她见过面的话，我真要说她偷窃了我的意思了。因此我在她这篇文章后面写了一篇很长的编者按语——我是希望编者们能在人家的文章后面写点长的按语的。——说明她的理论与我的相同得多么厉害。事实上，我们所有的只是一种共同的理论而已，这大致如下（转译她的文章）：

　　当然，公共图书馆或学校图书馆择用一种编目的方法，把书籍按照规定一一标签分类，当是很好的，不论是依照杜威分类法或王云五分类法。但这办法对于一个穷书生是办不到的，他没有一部全套的图书馆版本来陈列起来，他往往在上海或南京住着一幢幢的弄堂房子。这种弄堂房子通常有一间会客室，一间客堂，二间卧室，二间浴室，如果他或她可以有一间书房，那已算是幸运的了。此外，他或她所收藏的有限的书籍通常都是按着个性的，大概是偏多于他或她所喜欢的作者的书，而其他的作者的书则较少。那么，他或她对于这些书又怎样来处理呢？

　　别人我不知道，但这是我的方法（我高兴这种从第三人称转到第一人称的说法，因为英文也不经心地忘掉了对于"我"及"我的"第二个词的性的区别）。我的方法是一种自然的方法。譬如说，当正在书桌前坐着的时候，接到了寄来的一本书或刊物，我便把它放在书桌上。假如正在看的时候有客来了，于是我便把它拿到客堂里去同我的朋友共读。如果那朋友去了，我忘记把它拿回来，我便让它放在客堂里。但有时读得十分有味，我还不想睡觉，而只想舒散一回，于是我便把它拿上楼来在床上看。如果这书能抓住我的兴趣，我便读下去，但如果兴乏了，我便可以随手把它当作枕头。这便是我所谓的自然方法，这可以约略给它下个定义为"把书籍随手置放的方法"。我甚至根本不能说我的书有什么"适当"的地方可以放置。

这种方式的逻辑的结果，当然是到处都是书籍杂志了。床上，沙发上，会客室里，食架上，自来水龙头边，等等，有着一种在杜威或王云五的分类法中所不能获得的丰富的印象。

这种方法有三个优点可以介绍。第一，有一种多样错综的美。因为这样一来书本都杂放在一起了，皮面精装本，纸面本，中文的，英文的，大而厚的巨册，轻巧的毛边书，有的有中世纪英雄的图案，有的有裸体的摩登女郎，全混合在一个知识的大库中，包括了整个人类史的一个缩影。第二，有一种丰盛与多样的趣味。我让一本哲学书放在一部自然科学论文旁边，让一本幽默的小册子同一本意义堂皇的提倡道德的书籍并肩齐立。它们只是组成了一个杂色队伍，很像各自存着相反的意见，而在我的想象中做着一场荒唐无稽的争论而叫我开心而已。第三，这种方法有一种十分便利的好处，因为如果一个人把他的全部书籍都放置在书房里，那么他在客堂里便分明无书可看了。用了这一种方法，我即使在厕上也可以增进知识了。

　　我要声明的，便是那是我个人的方法，我并不是要求别人的赞成或请他们照我这样做。我之所以写这篇文章就是因为当我的客人们看见了我的生活方式时，往往摇头叹息。因为我没有去问过他们，所以我也不知道那是不以为然的叹息呢，还是赞成的叹息……但我也不管。

上面的文章可以说是现在中国的小品文的一个好例子。这有中国古文的飘逸，又有现代文的亲切随便。下面便是我的编者按语的大要。我说：

　　我收到这篇来稿时，那题目便吸引了我的注意，好像有人偷去了我的一件巨宝，当我读下去的时候，我大为惊诧地发现我所喜欢的收藏与处置书籍的方法已同时也被另一个独立的工作者所发现了。所以我对于这一点怎么能不来说上几句呢？我知道读书是一件修养的事业，但自从读书受了大学里的入学登记人的支配之后，这便退化成了一种便宜的，庸俗的，市侩的勾当了。收藏书籍本来也是一种修养的消遣，但现在，自从那些暴发户夹进到这个爱古的雅事中来之后，情形可不幸改变了。这些人总是有着这个作家的全集，那个文人的全本，用漂亮的摩洛哥皮面装订着，保存在精致的玻璃橱中。但我看看他们的书架上，却一个拿去了书而留下的空位也没有，这事实表示这些书除了他们的仆人来清理拂拭之外，从来没有人碰过。书上没有卷边，没有指印，没有偶然落在上面的烟灰，没有仔细用蓝铅笔打着的记号，在书里也没有枫叶夹着，就只是许多没有裁开的书页。

所以看来即使收藏书籍也低落到一种俗态中去了。明××写过一篇读古砚的文章，说起了收藏古玩的俗派，现在姚女士以这一点意思更进而说到藏书，我心下竟不怃然以喜了。仿佛只有你觉得的意思，在世界上总有一个别人会与你同感的。王云五的分类法用在公共图书馆中是很好的，可是这种方法对于一个穷书生的书房又有什么用处呢？我们必须要有一种不同的原则，这已有《浮生六记》的作者指了出来，那便是："大中见小，小中见大，虚中有实，实中有虚。"这位作者的话是说一个贫儒的家屋与庭园布置的。但这个原则在书籍的处置上也很适用。这个原则用得恰当，你可以把一个穷书生的书房变为一处真正未经探索过的大陆。我的理论是：

书绝不应加以分类。把它们加以分类是一种科学，但不把它们分类则是一种艺术。你的一所五尺的书架本身就应该是一所小小的天地。把一本书集倚在一本科学刊物上，把一本侦探小说放在顾育（Guyau）的书旁，便有这一种效果发生了。这样一布置，那五尺的书架便成为一座"丰富的"书架，可供你去玩味了。反之，如果书架上放了一部司马迁的《史记》，那么当你不想要看史记的时候，这书架对你便毫无意义了，这成了一座空无所有的书架，只是一副枯骨了。大家都知道女人的美是在于她们的神秘与乖巧，而像巴黎及维也纳等古城市之引人入胜，也因为在你住了十年之后，你还不能确知一条曲巷会发现什么。在书室，那情形也是如此。书室中也应当有一种神秘与乖巧，这种神秘乖巧从你决不能猜到几个月或几年前在那个特殊的书架上有些什么这个事实上来的。

所有的书都应有其个性，决不应有一律的装订。所以我始终不高兴买什么《四部备要》或《四部丛刊》。所谓它们的个性，一半是由于它们的外貌，一半是由于那购买的环境。你也许在夏季旅行时随手在安徽的一个小镇上买来了那一本，也许这本书另有人出过比你更高的价钱。如果那些书买了来按照自然的方式放在书架上，你偶尔看到一本王国维的元剧史，小小的一薄本。你像打猎一样的开始寻了，从上到下，从东到西，当你有所得时，你便是真正的得到了，不仅是拿着而已。你的眉头已经有了几滴汗珠，你感到像一次好运气的出猎中的猎人一样。也许你一直寻到地洞里。而正当你要看第三卷的时候，你发觉它又不见了。你站着，呆了一回，想着你不知把它借给谁了，没奈何地叹息一声，像一个小学生失脱了刚要抓到手的鸟儿。这样，一层神秘与可爱的轻纱将永远笼罩着你的书室，你始终不会知道你会找到什么。总之，你的书室便将有一种女人的乖巧与大城市的秘密了。

几年前我在清华遇见一位同事教员，他有一个书室，这书室只有一箱半书，但全是正式加了标签和分了类的。从一到一千，照着美国图书馆协会的分类法。当我向他借一本经济学史时。他可以极为得意地马上告诉我那本书是"580.73A"。他很自傲他的"美国式的效率"。他是一个真正美国留学生，但我说这句话，并没有称赞的意思。

孔子在雨中歌唱

孔子虽然有他的短处、矛盾，以及时常不审慎的行为，可是他始终是一个很可爱的人物。他的可爱是由于他的热切的仁爱心和他的幽默感。记录在《论语》里他的许多言论，只有当作他跟亲近的弟子的轻松幽默谈话看，才能适当地了解他。有一回子贡对他说："有美玉于斯，韫椟而藏诸，求善贾而沽诸。"孔子答道："沽之哉！沽之哉！我待贾者也！"

他有时说话很机智，例如有一次他说："不曰如之何，如之何者，吾末如之何也已矣！"

又有一次，孔子跟他的弟子在郑相失。有人看见孔子立在东门那里，便告子贡说："东门有人，其颡似尧，其项类皋陶，其肩类子产；然自要以下，不及禹三寸，累累若丧家之狗。"当他们后来遇到了，子贡把那个人所说的话告孔子，孔子说："形状末也，而谓似丧家之狗，然哉然哉！"我相信，这里我们可以见到真正的孔子，他是一个有错误的，努力的，有时兴致很好，有时大失所望，可是总是保持着一种个人的雅致和一种优良的幽默感，而且能够跟自己开玩笑的人。这才是真正的孔子，并不是一般儒家学者，以及西方的汉学者所认为的一位圣洁无瑕无可责备的人物。

事实上，我们只有从他的幽默方面看去，才能达到对孔子性格美点的真正领略。他的幽默并不是庄子那种辉煌的机智和讽刺；而是一种更富于中国人本色的圆熟的、温和的、听天由命的幽默。因为孔子的性格有一种美点，常常为批判他的人所忽略了的，他有一种热切的动人地方和可爱之点，要很接近时才能领略到，例如他跟他的弟子的亲切的谈话。据我看来，孔子最令我感动的并不是那个社会秩序的伟大代表人物的他，也不是砍掉少正卯的头颅时那个激烈的青年改革家的他，最令我感动的却是在圆熟的中年时代的孔子，当他自己晓得在政治舞台上他是失败了，当他正要抛弃一切政治的野心，决意致力于求学和学问上的研究。

在《史记》里曾记录下一段他一生中这个时期的事迹，这件事迹感动我们的力量，等于《圣经》内盖斯门（Gethesemane）这一幕，不同的是：它是以幽默的情调来结束了，因为孔子常常能够向自己开玩笑呢。那时，孔子已经周游许多国家，想找到一个信任他的统治者，让他领握政权，结果到处都遭遇耻辱和侮慢。他两次被捕，有一次跟他的弟子挨饿了七日，因为他总是像一个疯狂的先知那样，从一个国家到另一个国家，到处遭人憎恨取笑和厌弃。他离开齐国时是这样地愤怒，连等候半小时吃了饭再走也不愿意，他从锅子里把浸湿了的米捞起来便走了。在卫国时，他又受到耻辱，要坐在一辆车上跟随着卫公夫人的车子游行过市，他自己只得承认说："吾未见好德如好色者也。"当他跟卫灵公大谈其仁义时，后者却抬头仰望着在天上飞过的雁。于是他便要渡黄河往见赵简子，不意又遭到阻碍，他只得停在黄河的河畔，叹道："美哉水！洋洋乎！丘之不济此，命也夫！"因此他离开了卫国，又再回到卫国去，其后再离卫。到晋、蔡、叶、蒲诸国，跟着他走的是少数诚恳的弟子，好像是一群到处流浪的人。那时他的弟子已经表示失望而略有反感了，可是据说孔子仍旧"讲诵弦歌不衰"。据《史记》里说，这个时候，孔子正是"温温无所试"。

那时正是孔子和他的从者厄于陈蔡之间，他们在那里的谈话常常很令我感动。这是孔子的一个转变点，从那时起孔子便回到他的故乡鲁国去致力编著书籍。

> 孔子知弟子有愠心，乃召子路而问曰："诗云：'匪兕匪虎，率彼旷野。'吾道非耶？吾何为于此？"子路曰："意者吾未仁耶，人之不我信也。意者吾未知耶，人之不我行也。"孔子曰："有是乎？由，譬使仁者而必信，安有伯夷叔齐？使知者而必行，安有王子比干？"
>
> 子路出，子贡入见。孔子曰："赐，诗云：'匪兕匪虎，率彼旷野。'吾道非耶？吾何为于此？"子贡曰："夫子之

道至大也，故天下莫能容夫子，夫子盖少贬焉。"孔子曰："赐，良农能稼而不能为穑；良工能巧而不能为顺。君子能修其道，纲而纪之，统而理之，而不能为容。……赐，而志不远矣。"

子贡出，颜回入见。孔子曰："回，诗云：'匪兕匪虎，率彼旷野。'吾道非耶？吾何为于此？"颜回曰："夫子之道至大，故天下莫能容。虽然，夫子推而行之，不容何病，不容然后见君子。夫道之不修也，是吾丑也。夫道既已大修而不用，是有国者之丑也。不容何病，不容然后见君子。"孔子欣然而笑曰："有是哉，颜氏之子。使尔多财，吾为尔宰！"

孔子是在雨中歌唱。对于一个雨中歌唱的人，我们能无动于衷吗？他跟他的弟子在这个荒野中飘泊着，尽了他们的机智，简直不知道要到哪里才好，好像一群言语难以形容的乞丐，或流浪者，"匪兕匪虎"，不是鱼，肉，也不是美味的熏青鱼。然而他仍然能够开一次玩笑。他的灵魂里并没有愤怒。我不知有何中国画家能把孔子在荒野中这一个景象绘出来，这个景象最能显出孔子的真性格。

摩登女子

　　向来中国女子应当代人受过，已成为古史史论家颠扑不破之至理名言。若西施亡吴，妲己亡商，褒姒亡周，及近代陈圆圆亡明，皆是其例。大概男子所治之国已亡，求一他方代为受过并不困难。其言外之意便是说：商室并非亡于纣王之虐政，西周并非亡于幽王之淫昏，而明朝亦非亡于魏忠贤及其孝子顺孙之擅权。政论如此，道德更不必说，因为淫字向来是女子之专有品，裹足原以防范妇女之逾越，惟步步生莲花，乃陈后主所以正心诚意之功课也。故今日凡谈道德，亦必先想及摩登女子而纠正之，勖励之，训勉之，刺讽之，几乎以为东三省之亡，由于人心不正，而人心不正，皆当由摩登女子尸其咎也。此说不绝，将来必有摩登女子亡国之论，而文武老爷皆可告无罪于天下矣。前年胡蝶在京受警告，便是此一类思想之表现，此地也无须一一细举了。

　　我想世上思过的人总是少，推责的人总是多，不仅对道德一端如此而已，德国法西斯蒂懂得此种心理，故将国中一切经济之穷苦，社会之积弊都推在犹太人民之身上，德人闻之自然心喜而以逼迫犹太居民为兴国第一要著。在此一点，希特勒真不愧称为一霸主了。中国在抗战前国势不振，也有种种说法，武人以为是学子不务正业奢谈救国所致，而学子以为皆帝国主义之压迫，并非中国民族自己散漫腐败之过。摩登女子所以成为众矢之的，也正足以表示男子此一点推倒油瓶不扶的态度罢了。

摩登女子之大罪有三：（一）淫荡无耻；（二）打扮妖媚；（三）虚荣薄幸。此男子所常指出之弱点也。即以此为摩登女子之弱点，我想其罪也不大到怎样。淫荡无耻乃投男人之所好，而打扮妖媚，充其量也不过要讨男子之喜欢而已。向来在男权社会，男子所喜欢，女子样样都做到。古代男人要女子贞静幽娴，女子便以贞静幽娴自勉；男人要寡妇守节，便也有许多节烈的寡妇。天下男人笑女子好茉莉花为近小人，然而老实说，假定男子尽以茉莉花为臭，则女子虽心好之亦必不插，此可断言也。现在男人弃糟糠之妻，而追求烫发高跟摩登女子，则女子烫发高跟也有何怪？山西妇女协会反对该地当局勒令妓女烫发高跟，而劝令良家妇女励行新生活之宣言云："殊不知此风一长，妓女愈呈妖艳，男子愈是流连忘返。良家妇女，励行新生活，摒绝艳装烫发，将以何术驭夫？"语虽滑稽，而其中实有至情至理在焉。夫有夫谁不想驭哉？苟摩登男子不弃乡下老婆，则摩登女子亦必甘粗饮陋菜荆钗布裙以偕老，荆钗布裙而不足以驭夫，而夫又不可不驭，则驭之之道必在烫发高跟明矣。男子见一烫发姑娘而颠之倒之，愈浮华荡检玉食锦衣者，愈为之神魂颠倒，而愈肯花钱，则为女子者，何乐而不玉食锦衣使男子花钱又使自己受用乎哉！等到女子皆锦衣玉食高跟烫发，相率成风，然后讥之曰"摩登"，这有点说不过去罢！倘使女子不花钱打扮，男人便不欢迎她。女子一花钱打扮，男人便骂她浮华浪费。而男人自己却也穿西装，擦司丹康。老实说一句罢，女子之烫发高跟便是含着对男子最刻薄的批评，而这批评常常是对的。

别的不讲，姑就最不道德的"虚荣薄幸"谈一谈，虚荣薄幸是男人所最憎恶的一点，摩登女子，果有虚荣薄幸水性杨花的，也不可举一概百，但我颇想替薄幸小姐作一辩，甚至可以再退一步，替善敲竹杠的青楼妓女作一辩。倘是青楼女子敲竹杠没有什么大罪，则摩登女子更不必劳仁人君子之处处关情了。

挖金姑娘

女子善敲竹杠者，英文有一妙语叫做"挖金姑娘"（Gold-diggers）。我想挖金姑娘是现代社会最常被误解的一流人。有现代社会制度，必有挖金姑娘，而在这种社会，我想巾帼之有挖金姑娘，也不过如须眉中间之有富贾豪商，钱庄店倌，银行巨擘，实业大王等。挖金姑娘比她的姊妹头脑清楚，犹富贾豪商之比他人算盘打得实在罢了。富贾与挖金姑娘在世的目的相同——为钱，他们的手段也相同——有奇货都是得善价而沽者，而又都不惜用最欺诈的手段以达其目标。不但此也，富贾与挖金姑娘都有两层道德，一是职业上，一是私人上，各不相关。实业大王银行巨擘在家为慈父，在外为信友，但是在他商业竞争场上，若斤斤以打倒同行为不仁不义而不屑为，便不成其为实业大王了。能够耍弄玄虚，人不知鬼不觉把某公司股票垄断入手，或把某货高抬，逼死多少寡妇孤儿而操奇计赢，胜人一着，人人且将敬其手腕之灵敏，谋虑之老当，羡之慕之，称他为模范成功者。挖金小姐在职业上，也许有一样的硬狠心肠，但是同时我相信也许她在家事母至孝，待较不会打算盘的姊妹也许是一位疾病相扶患难相助的挚友。

要明白这一点道理，我们须先把挖金姑娘的经济地位看清楚。人家常以男盗女娼相提并论，我却以为挖金姑娘应与富贾豪商相对，盗者以无易有，挖金姑娘并未偷人，只是卖色而已。说到卖色一层，常人总有许多成见在胸，认为不道德。实则所谓娼妓卖色，语殊不当，谓之"卖身"可耳。卖色却又不同，而是更普遍的一回事了。西洋女子及笄，初入交际场中，她的母亲在跳舞会之前为她搽脂擦粉装饰打扮，希望钓上一位百万富翁的少爷或是英国贵族少年，这是母亲替女儿卖色之一种，百货公司经理，辞退年老女店员，而代以一年轻美貌女子招呼生意，为公司股东谋利，又是经理替女店员卖色之一种。年轻女店员之色貌，及她所必自备之脂粉，从此便成为公司之生利产业，可以发达公司的生意。我们普通的伦理观念是这样的：女子在公司一天八小时站在高跟鞋上受罪以度其青春，专为公司老板卖色于主顾之前，而谋股东之幸福，叫做高尚的道德；同时女子为己身的利益直接卖色，骗些大腹便便的富贾的钱，叫做不道德。所谓"不道德"便是因其"可恶"，而所谓"可恶"，便是因为其叫男子吃亏。所以在我们现此社会，在男子的心理中，理想的女子是能使我们以最低的代价享到最大的艳福。所以女子不花钱，不妖艳，男人不要看她，女子一花钱而妖艳，又是"挖金姑娘"。在此矛盾情形之中，自然有头脑清楚的女子，一旦聪明起来，拿定主张，要彻底一点，同时要妖艳而花钱，不但要花自己的钱，而且要花男子的钱，不但要男子快乐，而且要男子出相当的代价，如此居奇，固然"可恶"，然最多也不过如商贾之居奇可恶罢了。所以有人和杜秋娘韵，应当是说："劝姊莫惜纱罗衣，劝姊梳妆须入时，花开堪赏直须卖，莫待无花空卖枝。"英国 W. L. George 曾著一部小说，名为《蔷薇褥》（*A Bed of Roses*），其中女子维多利亚看到她自己身世，为茶店招待，终日奔走，以致腿上青筋臜肿起来，危及自己的青春体态，兴了悲凉，便是这一类的感慨。你能怪她一时聪明起来想敲男子两下竹杠吗？

自然，挖金姑娘不是理想的女子，不足为巾帼倡。男人最喜欢的是乐善好施而无求于人的女子，又要给你亲密，又要替你省钱。而世上确有许多这样女子，只要换得男子之一点真情，赴汤蹈火粗衣陋食皆所不顾。世上也有许多安分守己的男子，按日上写字间，按月领薪水，没有什么分外之想。但是无论男女，两性中总有一部分人深觉财利之重要，以谋财为他们终身的目的。其在男子，这些人便成为富贾豪商，钱庄老板，实业大家，银行巨擘等。其在女子，这一部分人除了嫁一金龟婿以外，便非做挖金姑娘不可了。嫁给金龟婿的女人，也许要看不起挖金姑娘，我却以为大可不必。挖金姑娘有金龟婿可嫁，仍然是要嫁的。富贾与挖金姑娘同是这样想着："不治生产，其后必致累人，专务交游，其后必致累己。"（张山来语）何况"今之人未必肯受汝累，还是自家稳些的好"（江含征语）。挖金姑娘所求者，与富贾一样，也不过年老色衰，可以买一座山庄，以度残年，而免累人罢了。倘是我们能体谅一班富贾财奴，对挖金姑娘这一点愿望也可不必深责了。况且富贾豪商，自己积了万金之后，固然或能钟爱能诗画的美妾，而挖金姑娘积了家私之后，也可以嫁给一个落魄诗人，倒贴而奉事之。所以我始终看不出富贾与挖金姑娘有什么高下之别。总而言之，两位都头脑清楚而已。然则富贾遇了挖金姑娘，在情理上还是应当引为知己，互相恭维一番才是。世事是这样离奇的，还是大家宽容些为是。谁能担保挖金姑娘年老色衰之时，不肯在她的"择邻山庄"施舍医药及印送佛经，如许多富贾财主之所为呢？

女人应当来统治世界吗？

一位美国女人曾出了一个"美妙的主意"，认为男人把世界统治得一塌糊涂，所以此后应把统治世界之权交予女人。

现在，以一个男人的资格来讲，我是完全赞成这个意见的。我懒于再去统治世界，如果还有人盲目地乐于去做这件事情，我是甚愿退让，我要去休假。我是完全失败了，我不要再去统治世界了。我想所有脑筋清楚的男人，一定都有同感。如果塔斯马尼亚岛（在澳洲之南）的土人喜欢来统治世界，我是甘愿把这件事让给他们，不过我想他们是不喜欢的。

我觉得头戴王冠的人，都是寝不安席的。我认为男人们都有这种感觉。据说我们男人是自己命运的主宰，也是世界命运的主宰，还有我们是自己灵魂的执掌者，也是世界灵魂的执掌者，比如政治家、政客、市长、审判官、戏院经理、糖果店主人，以及其他的职位，全为男人所据有。实则我们没有一个人喜欢去做这种事。情形比这还要简单，如哥伦比亚大学心理学教授言，男女之间真正的分工合作，是男人只去赚钱，女人只去用钱。我很赞成把这种情形一变。我真愿看见女人勤劳工作于船厂，公事房中，会议席上，同时我们男人却穿着下午的轻俏绿衣，出去作纸牌之戏，等着我们的亲爱的公毕回家，带我们去看电影。这就是我所谓的"美妙的主意"。

但是除去这种自私的理由之外，我们实在应当自以为耻。要是女人统治世界，结果也不会比男人弄得更糟。所以如果女人说，"也应当让我们女人去试一试"的时候，我们为什么不出之以诚，承认自己的失败，让给她们来统治世界呢？

女人一向是在养育子女，我们男人却去掀动战争，使最优秀的青年们去送死。这真是骇人听闻的事。但是这是无法挽救的。我们男人生来就是如此。我们总要打仗，而女人则只是互相撕扯一番，最厉害的也不过是皮破流血而已。如果不流血中毒，这算不了什么伤害。女人只用转动的针即感满足，而我们则要用机关枪。有人说只要男人喜欢去听鼓乐队奏乐，我们便不能停止作战。我们是不能抵拒鼓乐队的，假如我们能在家静坐少出，感到下午茶会的乐趣，你想我们还去打仗吗？如果女人统治世界，我们可以问她们说："你们现在统治着世界，如果你们要想打仗，请你们自己出去打吧。"那时世界上就不会有机关枪，天下最后也变得太平了。

我们实在应当自以为耻。经济会议失败了。裁军会议失败了。人力失败了。大家都知道我们应该集议停止战争，计划和平通商之道。但是我们做过的是什么? 我们不派如爱因斯坦与罗素这种最富思想的人去参加会议,而只是把集议的事交给"专家"。我们派军事专家,与海军专家,去参加裁军会议,这些人乐于屠杀而不喜和平,于是又问会议何以失败! 还有我们曾要挽救不景气,推进世界贸易,去除战债,但是我们做过的是什么? 我们派去参加经济会议的人,是主张关税存在的经济学教授、统计家、经济专家,于是又问会议何以失败! 这种徒劳无功,就好像不去过问作家,而召开一个文法专家的会议,想把英文变得简单化,殊不知文法专家最喜爱的是复杂的动词变化表。

现在我不管有什么事情发生。当男女戴着白手套在讲话的时候,战云密布起来了。当女人说她们要试一试的时候,我就说:"去试吧,愿上帝祝福你,你们不会比我做得更糟。"因此,就我自己而言,我是要辞职而去,把治世之权交让予百老汇路的儿童与年纪较长的女子。如果我节省下来的钱够用的话,我将隐身于南洋群岛或非洲野林之中。如果他日的世界变得大波掀然,我可以坐在非洲的树林上向自己说:"天呵,至少我是诚实没有自欺过的。"

杭州的寺僧

　　我去游了一次杭州。到杭州时因怕臭虫，决定做高等华人，住西泠饭店，虽然或者因此与西洋浪人为伍，也不为意。车过浣纱路，看见一条小河，有妇人跪在河旁浣衣，并不是浣纱。因此想起西施，并了悟她所以成名，因为她在浣纱，尤其因为她跪在河旁浣纱时所必取的姿势。

　　到西湖时，微雨。拣定一间房间，凭窗远眺，内湖、孤山、长堤、保俶塔、游艇、行人，都一一如画。近窗的树木，雨后特别苍翠，细草茸绿得可爱。细雨濛濛的几乎看不见，只听见草叶上及田陌上浑成一片点滴声。村屋五六座，排布山下，屋虽矮陋，而前后簇拥的却是疏朗可爱的高树与错综天然的丛芜、蹊径、草坪。其经营毫不费工夫，而清华朗润，胜于上海愚园路寓公精舍万倍。回想上海居民，家资十万始敢购置一二亩宅地，把草地碾平，花木剪成三角、圆锥、平头等体，花圃砌成几何学怪状，造一五尺假山，七尺鱼池，便有不可一世之概，真要令人痛哭流涕。

半夜听西洋浪人及女子高声笑谑，吵得不能成寐。第二天清晨，我们雇一辆汽车游虎跑。路过苏堤，两面湖光潋滟，绿洲葱翠，宛如由水中浮出，倒影明如照镜。其时远处尽为烟霞所掩，绿洲之后，一片茫茫，不复知是山是湖，是人间，是仙界。画画之难，全在画此种气韵，但画气韵最易莫如画湖景，尤莫如画雨中的湖山；能攫得住此波光回影，便能气韵生动。在这一幅天然景物中，只有一座灯塔式的建筑物，丑陋不堪，十分碍目，落在西子湖上，真同美人脸上一点烂疮。我问车夫这是什么东西，他说是展览会纪念塔，世上竟有如此无耻之尤的留学生作此恶孽。我由是立志，何时率领军队打入杭州，必先对准野炮，先把这西子脸上的烂疮，击个粉碎。后人必定有诗为证云：

西湖千树影苍苍　独有丑碑陋难当
林子将军气不过　扶就大炮击烂疮

虎跑在半山上，由山下到寺前的半里山路，佳丽无比。我们由是下车步行。两旁有大树，不知树名，总而言之，就是大树。路旁也有花，也不知花名，但觉得美丽。我们在小学时，学堂不教动植物学，至此吃其亏。将到寺的几百步，路旁有一小涧，湍流而下，过崖石时，自然成小瀑布，水石潺潺之声可爱。我看见一个父亲苦劝他六岁少爷去水旁观瀑布。这位少爷不肯，他说水会喷湿他的长衫马褂，而且泥土很脏。他极力否认瀑布有什么趣味，我于是知道中国非亡不可。

到寺前，心不由主地念声阿弥陀佛，犹如不信耶稣的人，口里也常喊出"O Lord"。虎跑的茶著名，也就想喝茶，觉得甚清高。当时就有一阵男女，一面喝茶，一面照相，倒也十分忙碌。有一位为要照相而做正在举杯的姿势。可是摄后并不看见他喝，但是我知道将来他的照片簿上仍不免题曰"某月日静庐主人虎跑啜茗留影"。这已减少我饮茶的勇气。忽然有小和尚问我要不要买茶叶。于是决心不饮虎跑茶而起。

虎跑有二物，游人不可不看：一、茅厕，二、茶壶，都是和尚的机巧发明。虎跑的茶可不喝，这茶壶却不可不研究。欧洲和尚能酿好酒，难道虎跑的和尚就不能发明个好茶壶（也许江南本有此种茶壶，但我却未看过）。茶壶是红铜做的，式样与家用茶壶同，不过特大，高二尺，径二尺半，上有两个甚科学式的长囱。壶身中部烧炭，四周便是盛水的水柜。壶耳、壶嘴俱全，只想不出谁能倒得动这笨重茶壶。由是我请教那和尚，和尚拿一白铁锅，由缸里挹点泉水，倒入一长囱，登时有开水由壶嘴流溢出来了。我知道这是物理学所谓水平线作用，凉水下去，开水自然外溢，而且凉水必下沉，热水必上升，但是我真无脸向他讲科学名词了。这种取开水法既极简便，又有出便有入，壶中水常满，真是周全之策。

我每回到西湖，必往玉泉观鱼，一半是喜欢看鱼的动作，一半是可怜他们失了优游深潭浚壑的快乐。和尚爱鱼放生，何不把他们放入钱塘江，即使死于非命，还算不负此一生。观鱼虽然清高，总不免假放生之名，行利己之实。

观鱼之时，有和尚来同我谈话。和尚河南口音，出词倒也温文尔雅。我正想素食在理论上虽然卫生，总没看见过一个颜色红润的和尚，大半都是面黄肌瘦，走动迟缓，明系滋养不足。

因此又联想到他们的色欲问题，便问和尚素食是否与戒色有关系。和尚看见同行女人在座，不便应对，我由是打本乡话请女人到对过池畔观鱼，而我们大谈起现代婚姻问题了。因为他很诚意，所以我想打听一点消息。

"比方那位红衣女子，你们看了动心不动心呢？"

我这粗莽一问，却引起和尚一篇难得的独身主义的伟论。大意与柏拉图所谓哲学家不应娶妻理论相同。

"怎么不动心？"他说，"但是你看佛经，就知道情欲之为害。目前何尝不乐？过后就有许多烦恼。现在多少青年投河自尽，为什么？为恋爱，为女人；现在多少离婚！怎么以前非她不活，现在反要离呢？你看我，一人孤身，要到泰山、妙峰山、普渡、汕头，多么自由！"

我明白，他是保罗、康德、柏拉图的同志。叔本华许多关于女人的妙论，还不是由佛经得来？正想之间，忽然寺中老妈经过，我倒不注意，亏得和尚先来解释：

"这是因为寺中常有香客家眷来歇，伺候不便，所以雇来为香客洒扫的。"其实我并不怀疑他，而叔本华、柏拉图向来并不反对女人洒扫。

乞丐

有一回，我对一个有教育的英国人说我喜欢伦敦的乞丐，这一句话使他震恐起来。这是双重的震恐，因为他以为伦敦没有乞丐，而且因为我指出那些乞丐是英国的伟大的表征。他不肯相信，可是我说到使他信服了。他是一个欧战后生长起来的一代人，是一个认为他的同胞是世界上最愚蠢的这一类人。"你喜欢英国的什么？"他向我诘问。

我说："我喜欢你们的英国少女，穿了低跟的步行鞋子在牛津街上跨着大步走着的样子，还有她们在伦敦雾中的清爽而健康的笑声。我也喜欢她们在电影院内的嘹亮笑声，听起来很令人高兴。在她们的笑声里以及走路的步伐里，有些显示出独立和心情愉快的东西。这种同样的独立和自尊心理，你可以在伦敦的乞丐身上看到。"

当然，那英国人要说伦敦是没有乞丐的，有的只是老妇人在街头上出售火柴。那英国人不肯承认，而那些老妇人自己也不肯承认的。对于英国人，乞丐是不存在的。很好，可是我却认为乞丐是存在的。可是我并不是想及那些出售火柴的老妇人；我是想到伦敦那种等于在上海西藏路和爱多亚路的行人道上的炭画家和涂鸦者这样的人。在上海，俗称这做"告地状"——是失业的文士和画师被迫在街头表现一下他们的图画和文章。可是其间也有分别的，因为中国的行人道艺术家会把他们的可悲可泣的事迹告诉你们，而伦敦的却要给你一点小小的愉快，来报答你投入他的帽子里的两个铜子。

因为求乞有两个方法，一是把贫苦表现出来，一是随便用一些简单的方法引过路人的欢笑。我曾在南京的夫子庙那里看见一个三四十岁体重一百五十磅左右的男子，踏在一个仰卧在地上默然若死的十二岁的女孩子的肚子上。一个人会看见那个女孩子脸上肌肉的紧张样子。我希望新生活运动的人能看见这张脸孔，他们也许都会看到的，因为他们常常到夫子庙去的。那个男子不会从那个女孩子给他踏到弯了进去的肚子上面下来，他叫人们可怜他们的穷苦，抛给一些铜子。他忘记了指出这个肚子并不是他的。这样看来表演吞剑的人至少要比他诚实得多了。他也是四面求人给铜子，嘴里插了一把刀进去，脸上露出痛苦的样子。可是这是他自己的脸和他自己的喉咙，他表现出一点巧技。上海城里老茶园内的九曲桥上，把他们的痛楚地方给你看的乞丐，便是表现方法的最特色的例子，要整整一章的篇幅才能够写出上海乞丐的诡诈和方法。

所以我觉得很感动，当我看见伦敦的人行道画家用一些关于希望和勇气之类的格言来逗我的兴致。在卢赛方场附近的吉尔福街有一个乞丐，我现在记不起他所说的格言了，有一条是关于"早起的小鸟捕得小虫"。我认为他把这个思想给我是很好的，虽然我并不相信早起的小鸟这种无意识的话，因为起身太早午夜工作便成为一件不可能的事了。另一个在勃隆斯堡的，总是用他的颜色画笔绘出有玫瑰花覆盖了的房子，灿烂的夕阳，以及在风涛抛荡着的海船。他甚至绘了一幅很逼真的首相的漫画。一个乞丐绘出首相的漫画！我想：他值得给一整个先令。在国王大道上，有一个失业的新闻记者。我不知道他的简洁诙谐的评论，是从笨拙和铁笔抄出来的，还是他自己脑子想出来的。他的广阔的额头暴露着，因为他的帽子放在路旁的一个用粉笔写出的"谢！"字后面，我在爱多亚路的人行道上也见过同样文采华美的人，事实上，我曾在南京大戏院附近见过一个人写得很好而善用惯用语的英文。可是他并没有什么东西回报我，因为他正在说着自己。在剑桥马戏场上面的却令克洛斯有一个人不大好，因为他大肆咆吼，反对世界上的没有公理，他没有得到我一个铜子。他的态度乖戾苛恨，没有一点轻松的样子。对于一个有教育的乞丐，希望他在人行道上的文章里，不要露出一点乖戾之感，我未免不近情了，可是我不喜欢他，因为我不喜欢他。我最赞成勃隆斯堡那一个，他具有幽默，合适和自尊心。直到今日，他在黯晦的伦敦天空下，所绘色彩鲜明的，有玫瑰花覆盖了的英国式房子的图画，仍旧是我对于伦敦最生动的记忆之一。

忆狗肉将军

据今天报载，狗肉将军张宗昌死了。我为他而惋惜，我为他的母亲惋惜，我也为他死后留下的十六个和生前离去的六十四个小妾惋惜。为了我要特别为文纪念这混乱时代里的那辈混乱将军们，我还是从这位狗肉将军开始。

我们的狗肉将军死了！这是什么一回事啊？这对于我对于中国和对于我们的一辈平民都有多么神秘的意义呢？这种事情是不会每日发生的，如果发生了，那中国便可永没有悲哀了。如果有了这种事件，你可以撤销五院，扯撕去总理遗嘱，辞退一百多的国民党执行委员，封闭全国大中小学，而你也不必再被什么共产主义，法西斯主义，民主政治，普通选举和妇女解放等等问题所困扰了，我们老百姓也能国泰民安地生活下去的。

封建的中国又死了一个显赫的传奇的人物了。然而狗肉将军的死却对我特别有意义，因为他是现代中国所有显赫的，传奇的，封建的和不顾羞耻的统治者中最显赫的，最传奇的，最封建的，而且，我必须说，最率直而不顾羞耻的一个。

他天生就是现代中国需要的统治者。他身长六尺，魁梧硕大，有着一对斜视眼，一双巨大无朋的手。他率直，有力，或可怕的敏捷，固执，还天生有适当智力。他是爱国的，然而他有他的主张，他反对共产主义，这也便缓和了他的反对国民党。批评者都承认他的反对国民党，只是偶然的，不是他的信念。他不愿打击国民党，而是国民党要打击他，侵占他土地，作为一个率直的人，他是不愿意后退的。如果有机会国民党归还他的山东，他是会和国民党联合的，因为他曾说三民主义是没有什么损害的，他不能反对国民党，因为他不能反对他所不懂得的东西。他能饮酒，他还可怕地喜吃"狗肉"。他不管上司下属，想怎么便要怎么。他不自命君子，也不跟旁人一样装模作样发什么美词动听的通电。他是极端忠实的，这使他的同僚部下都非常的爱戴他。如果他爱女人，他会明白说的，他也会抱了俄国女子见外国领事的。如果他要设欢宴，他并不想隐瞒起来不给友人或仇人知道。他要得到从属的妻妾的时候，他就公开说明，也并不像大维王那样要写什么悔恨诗。他也时常爱打麻将。如果他娶了他从属的妻子，他便把她丈夫升为济南警察局长。他对于别人的道德是非常尊重的。他禁止女学生走入济南的公园，不让她们被蹲在墙角的男人们吞噬了去。他是敬神的，他还有一个信回教的妻子。他主张一夫多妻制，同时也主张一妻多夫制，在他有时不需要他的小妾时，他允许她们去和旁人谈情说爱。他尊敬孔子。他是爱国的，据说他在日本人的床上发现了一只臭虫时，他竟大喜过望，滔滔不绝地向别人倾诉中国文化的优越。他很喜欢他的刽子手。他也更至意尽意地爱他的母亲。

有不少传说谈到这位狗肉将军的残酷无情的忠实。他爱上了一个喜欢一个小狗的俄国妓女，他叫全团兵士整队走过那只狗藉以表示他的爱那妓女和小狗。有一次他指派一个人为山东某县县长，而另一天他又指派了另一人当同县的县长。这两人全都到来办公便因此发生了争执。大家都说是狗肉将军亲自任命的，于是大家都同意到将军处去解决。他们到达时是在傍晚，张将军正在私宴的热闹中躺在床上。"进来。"他说，还是那么的爽直。这两个县长都说明了他是被任命为那处的县长的。他于是说道："你们这辈浑蛋，连这一些小事也不能解决，要来麻烦我吗？"

跟梁山泊的英雄一样，他爱全国的强盗，他是一个直率的人。他从不忘记施惠，他对于帮助过他的人是坚决地忠实的。在他的裤袋里总是塞满了钱，如果有谁向他求助，他便会抽出一卷钞票捞一把给他的，他的用百元钞票布施是跟洛基裴勒用角子布施一样的。

为了他的忠实慷慨，他的下属是不会憎恨他的。早晨我走进办公室，告诉同事这重大消息，大家都微笑了，这表明了每个人都对他友爱的。没有一个人会憎恨他，而且也没有一个人能憎恨他，今后的中国还是被像他一样的人统治着，可是他们没有他的率直，他的慷慨和他的忠实了。他是一个天生的统治者，现代的中国需要他，而他便是所有统治者中最好的一个。

遗老

　　中华民国的一个最大的不幸便是前清遗老的失踪。我曾致力在清代的遗迹中探寻到这位君子的稀世之珍。我相信他应该是中国文化的最优秀的成果了。

　　清朝也许是很腐败的，是的，恐怕是很腐败的。可是这批清朝政府里的骗子们却都是很庄严文雅的君子。这类官吏便是几百年的教化，提炼和传统的产物，纯粹的前清遗老也许和一个十全十美的女子一样难得。这是自然物性使然，不可强求。可是在每一时代我们至少有几十个官吏，而现在我们只有那些忠实的党派同志。前清遗老完全是文雅君子，我们还有了好几十个，而且也是值得有的。不论他的思想如何退化，他的存在终是叫人喜悦的，而他的态度是不仅给他自己也是给那些贿赂他的人的一个贡献物。他的声音是低沉而有回响的，他的举止稳重而宁静，他的言语是一种艺术，而他的个性却是一种广博、优雅、谦逊高尚的混合物。

　　要给前清遗老下定义也许是跟给君子下定义一样的毫无意思。他的存在是宇宙上无可置辩的事实，这也经常的在激起定义而又废弃定义。可是当你听到他讲话时，你便会知道他就是一个前清官吏的。这和你从两面分开梳的头发上辨别出一个君子来是一样的。在男子们声音的震动中，和肩膀的姿势上，似乎有什么东西会赢得女人们的欢心的。你可知道李鸿章的一丛美髯和袁世凯的一对眼珠曾迷惑了多少洋人的心啊！现在这些全都没有了，该是多么可悲的啊！

　　要知道一个人是不是真正的前清官僚，你只要听他讲话。他讲的当然是官话。他讲官话时，拍子便是一种艺术，一种他为了自娱而耗了半生光阴去培养成熟的艺术。这不全在于那聪明的孩子三月便能学会的声调上。不错，声调也是重要的一部分。我还记得我听到他言语里低沉而有回响的声音，他那北京调的波动韵律，还用了适当而均匀的笑声来作间断。如果能再听到这样纯粹的官话死也愿意！如果这些官僚也是搜括人民的话，那他们的搜括手段是优美而有礼的，看起来很是令人高兴，而且人民也会被他们驯服得和他们自己一样温和文雅，可是现在情形就不同了。我们现代的官吏却是那么的笨拙而粗野、愚蠢而淫乱的了，如果我们一定要被搜括的话，那至少也得让我们能把他享受一下，可是我们现在连这一些权利也得不到了。这就是为什么前清官吏的失踪是中国的大不幸的原因了。

　　如果讲官话只是声调的一回事的话，那就不必称它为艺术。

它和一切艺术一样，需要艺术家的智慧和精神做背景。在纯粹的官话交谈中，每样东西都是和谐的，谈话者的个性，室内的家具，礼仪的氛围，声音的色调，正确的声调和精练的语汇，丝的团扇，以及官僚的胡髭，马褂——所有这些综合起来才造成了和谐的艺术效果。穿了西服是不能讲官话的，他的姿态便根本和这相冲突，穿了高尔夫球衣捏着丝的团扇，或是讲着官话却用手帕掩了打一下喷嚏，这简直是不幸的遭遇。与其打一个喷嚏，倒不如以适当的姿势咳一下嗽，吐一口痰来得好些。第二是那留蓄半生才能到达庄严程度的官僚胡髭。我只能想到于右任才有这种品质。第三是谈话时的宁静，声音的色调和心情的平衡，这平衡造成了庄严而稳重的个性。庄严而稳重的个性又需要教化深湛而愉快的灵魂，而这种灵魂又需要学识、平静、阅历和勇气才能锻得的。这种官僚有时也会受辱的，可是他却不会失去尊严。他的呻吟是优雅的，他的喷嚏是有规律的。如果他跌在地上，他爬起来第一件要做的事情便是扶正他的玳瑁眼镜——是那么悠闲，那么正确。我们的现代官吏看来却竟会踢足球。踢足球是多么有失礼面的举动……有的竟还吸雪茄。可是吸着雪茄又怎么可以讲官话呢？水烟筒才是适合的东西，事实上我知道现代官吏连想也不想讲什么官话的。他们讲的只是一种广州——苏州——无锡的混话。这真好像那……

最后，讲官话还得有特殊的语汇，这语汇一半是专门的，一半是文学的。专门的语汇，我们的政府文书还能教给他的上司，因为他们是懂得这些的。而且如果官员资质聪明的话，那是不难学会的。这些东西学起来的确非常有趣，譬如，当你说到你自己的儿子时，你便称"小犬"。当你谈及别人的儿子时，你便说"令郎"。你自己的妻子应称"拙荆"，而你友人的妻子却应称"尊娴"了。邀请一个友人到你家里来时，你得说"大驾光临"。这种礼仪的确能使人觉得他是有教化的，他们改善了他们的性情。

说到文学的语汇，那我却不敢劝我们的官员们去尝试，这必须下二十年的苦功，这也就是为什么你发现纯粹的官话交谈的珍贵和喜悦的原因了。不论你如何反对官话，他在许多地方有着中国历史，文学，《说文》的丰富的知识的。他能暗自背诵几十篇文学作品和诗句。真正纯粹的官话的交谈也便是文学的谈话。这些谈话者对于伦理和政治问题都非常娴熟，因为中国的官僚并不像法国型的朝臣。他是一个职业学者，他的谈话也和学者的谈话一样，他有着一套公开的政治哲学和一套私人的伦理哲学，他是朝臣和学者的混合，你能和头等的前清官僚讨论荀墨学说，元曲，宋理学以至明代的瓷器。可是我们现代的官员却只知道谈些美麦借款，一又百分之二五加仑的汽油可走二十哩等。

是的，前清官僚的时代是过去了，说谎的艺术也衰败了。我们现在有的，不是什么李鸿章，而是哥伦比亚大学的毕业生。我们的将军大都自名"福祥"、"金玉"和"福麟"等，而他们的娇妾也只单调地称为"珠小姐"、"春小姐"等。说我们要被他们搜括是屈辱他们的。

只有一天我碰到了一个外貌是真正前清遗老的人物。他心广体胖，手中捏了一本司马光的《资治通鉴》。他心爱历史，诗和书法。他讲的是声调正确的纯粹官话，从他谈话的镇定上可以看出他是一个饱学之士。我曾愉快地听到他谈论着人民的穷困，官吏的淫乱，电影的害处，孔教的重要，以及坚强的内政机构的亟需。他的谈话是那么的和蔼，我不禁自言自语地说："这该是最后的一个又渊博又优雅又谦逊而又高尚的遗老了。"他可能是一个大官，也可能是假诈的。

洋泾浜与基本英语

　　我想洋泾浜英语（Pidgin English）不但非常佳妙，而且是有远大的前途的。据我所知道，只有萧伯纳曾替洋泾浜英语说一句好话（蔼斯伯森曾著有专册，也是取十分敬重的科学态度，借此以研究语言的变迁）。一年前曾见报载萧氏谈话，谓洋泾浜英语的 no can（不会）比标准英语的 unable 听来还要响亮达意。我想这一点稍懂英文者都能赞同。比方有一位女士谢绝你的邀约，说她 unable to come，你心里总在疑心，她也许会改变主意而终于来吧。但是当你请她时，而她给你一个干脆响亮的 no can，你只好怅然决然做她必不来的打算。依照意大利美学教授克罗遮（Benedetto Croce）的学说，凡文艺美术的作品，只能依其表现达意的能力为批评的标准，不得以特定的形式（如诗的体律，或文法）为凭。所以，依照这个美学标准，很达意很爽利的 no can（不会），no wanchee（不要），maskee（由他去吧）等语，同米尔敦的绝妙佳句比起来，是有同样的文学价值，说不定还会使米尔敦相形见绌哩。因为这种口语说来人家总是可以懂得，而米尔敦的佳句却不一定。

我们不但可由克罗遮氏的美学批评而明了洋泾浜英语的文学价值，并且可由马克思的唯物史观辩证法证明他必于五百年后成为世界上流社会的普通话。世界语言学家如 Jespersen，Gabeleez 常称中国话最为简单最合理，演化程度最高的语言，其实英语在历史上全部演化的趋向，就在告诉我们，英语是在逐渐演变趋近中国语言这一派的。比方现代英语已经不肯承认一只茶杯或是一只写字台，有什么阴阳性别，这是英语与法德文之不同。英语实际上已经淘汰了性别（曾有英人的一篇《又发见添新花样的代名词》取笑我们新造的"她"字），而且也几乎废除宾主格位了，所以英语早已走上中国语的路上，而且已经达到国语在一万年前所已达到的地步了。洋泾浜英语就是英语与中国语最天然的结合，所以是合于历史的潮流的。

假如我们再进一步，记得将来世界市场要转移到太平洋来，如经济专家所说，又记得将来的世界是普罗的世界，而综观以上所论列，就不能不承认洋浜英语必然成为五百年后最体面人讲的唯一的世界语。赞成英语为世界语的人常引一种理由，说现在世界操英语的人已有五万万。依照这个讲法，中国话有了四万万人讲，也应有升为第二种世界语的希望了，即使将来的户口不增加，也是有五万万英语的人与四万万中国人在太平洋往来贸易，而且这九万万人都有普罗的脾气，厌恶英文文法，视为有闲阶级的奢侈品，所以除非承认洋泾浜英语为唯一的不腐化的将来世界语还有什么办法？

　　近来英国奥克登教授发明基本英文八百五十字。据说也是因为英语的分析性与中文相同，才有这样限制字汇的可能。例如以"看重"代表"敬"字（look up to 代表 respect），"看轻"代表"鄙"字（look down upon 代表 despise），便可把"敬""鄙"二字删去。可惜现代的英语尚非十分分析性的，所以基本英文没法表示"留声机"，而只能说是"一个磨光黑色的圆圈中画一只狗在一个喇叭之前"，五百年后洋泾浜英语盛行，我们便可简单地说它是 talking box（话盒）而无须 gramophone 这字了。基本英文现也没法表示天文镜与显微镜，因为英文 telescope，microscope 尚是合组性非分析性。到了二四〇〇年，我们操英语的人，便可说这是 look-far-glass（望远）与 show-small-glass（显微）了。那时也不会感觉没有 Telegraph 一字的困苦，可以仿中国话，说是 electric report（电报），"德律风"（表中所无）可以说是 electric talk，"新奶妈"（cinema），就是 electric shadow（电影），"无线电"（radio）也可以很简单译为 no-wire-electricity，这都是中文富于分析性之便宜。

　　还有一方面，就是发明基本英文者选字的标准，也可用洋泾浜英语的演化为借鉴的。"来讲克姆去讲哥，番薯破腿多，念四吞弟否，买办康不罗"，哪一个字不是所学必所用的？可惜以商业英文为号召的基本英文（Basic 之 C 字母是代表 commercial），是没有"德律风"，"电报"等字，这是洋泾浜英语所不会出毛病的。奥克敦教授所选的字颇有心理学研究室的气味。如 behaviour（行为），reaction（反应），impulse（冲动），normal（常范的）等，不像洋泾浜英语选字纯依乎日常需要为标准的。我曾在公园中听见一位看外国小孩的老奶妈，一个钟头骂那孩子一百次"又登夫"（you damned fool 读如 you danyfoo），可见得"又登夫"是使用上常率极高的字。

在八百五十字表中找不出 ladies 与 gentlemen（女士与先生），只有 man 与 woman（男子与女人），然而我们却知道将来太平洋的商人，非用"女士"与"先生"不可，除非他打算到处见个女士要呼为"那个女人"（that woman）而失了主顾。基本英文有 able 字而没有 can 字，但是奥克敦教授要惋惜地发现（假定他长生不老）在二四〇〇年，人人要说 no can，而不说他那带有书本气味的 unable 字。

无论哪一位西崽都会开一张菜单，让西欧旅行者认为满意。他由经验得来，知道"牛排"，"肥列"，"土司"等字，是第一百字中所不可少的。但是基本字表中就找不到这些字，也没有"鸡鸭鹅"，而只有生物学分类上之"禽"字。我曾戏拟一张基本英文菜单，发表于此，以待礼查饭店或沧洲饭店的西崽斧正。

A BASIC MENU

（1）False soup of swimming animal with round hard cover

（2）Soup of end of male cow①

（3）Fish with suggest on of China or the Peking language

（4）Young cow inside thing nearest the heart boiled in oil②

（5）Fowl that has red thing under mouth, that makes funny, hard noise and is eaten by Americans on certain day③ taken with apple cooked with sugar and water, but cold

（6）Meat with salt preparation that keeps long time

（7）Hot drink makes heart jump or you don't go to sleep

（一）假甲鱼汤（游水而有圆形硬壳的动物之假汤）

（二）牛尾汤（阳性的牝牛之末的汤）

（三）"满大人鱼"（使你想到中国北京话的鱼）

（四）炒小牛肝（少年牛肉中最近心脏之物用油煮）

（五）火鸡，冷苹果酱（某种禽类，嘴下有红物，能作好笑响脆的声音，美国人在某节日所食者，同着用糖与水煮成而凉食之苹果）

（六）火腿（腌过而能耐久的肉）

（七）咖啡（使你心跳或不眠的热饮料）

---

① 基本有"牝牛"（cow），而没有"牡牛"（ox），所以牡牛只好说是阳性的"牝牛"。

② 西欧人士不吃肺、肚，所以"与心最靠近的东西"必定是肝，不会误会。

③ 在将来的洋泾浜英语，"火鸡"便是 fire-hen，不必这样唠叨了。

驴子还债的故事

　　我曾往扬州一行，那时瘦西湖风景迷人，使我觉得颇有诗意。瘦西湖与杭州西湖不同之处，是它本来并不是一个湖，而是为几条既长且宽而又弯曲的水道所形成。它所含的隐约的美有如一个中国的曲径通幽的园景，而西湖则是一览无遗。还有与西湖不同之处，是它比较得辽野静寂。如果西湖是一个富人家的中年美妇，那么瘦西湖就可比为森林中的美女了。

　　在一个五月中下雨的一天早晨，薄雾轻罩在瘦西湖之上，我看了觉得有如走入诗境。一个人在这种情况下不能不提笔赋诗，如果他要以诗人自居，只需把脑筋清静下来，然后凝神体察周围的风景，尽量吸收诗意，而不去寻章摘句。或者他可以把这种风景认为是一幅油画，画中毫无一点尘土，一点不调和的笔迹，或是一点有煞风景的人迹。那弯曲着的水道，垂柳的绿影，船下静流着的水声，"船娘"低微的笑声，空中的鸟语，以及火鸟的惊飞——这些全呈现在富有梦境而曾为古诗人寻歌作乐之地，使我觉得田园生活之美，是无以复加了。

试想在这么一个环境之中，有人讲一个最可笑的故事给你听——这个转生了的驴子还债的故事；还有一个扬州修脚者修脚的那种快感，两者是我从扬州带回来最好的纪念物。这个故事含有幽默，有如马克·吐温所作的"跳动的蛙"。我相信这个故事是实有其事，故事录：

安徽巢县有个名为窦年镇的小村，巢县位于巢湖之上，往水道行九十里可达芜湖。窦年镇形势重要，为附近四县之商业中心。镇内人口尚多，居民以米业为生，出入口的货物有土布与干品。

几年以前，镇内有米商名王永明者，与邻镇米商谢凤山友善。两人已交处多年，至一九三一年大水为患之时，谢以生计艰难，向王借得大洋五百元，立有收条为据。水灾过后，谢往合肥另谋生计，两人因此不常相见。王以家道富裕，并与谢为知友，故未催还借款。

谢凤山病故之后，王以其欠债未还，遂往谢家凭条收款，表面佯作赴丧，以便一举两得。

王抵谢家之后，果见室内停有灵柩，家人忙于处理丧事。谢子招待王氏至为周到，使王不便言及欠债一事，于是决定待丧事完毕后再说。

过后数日，王以债务告谢子，并出收据示之，婉言请其归还。

"你父亲是我的好朋友，"王说，"因此我没有催他还债。现在他已去世，我希望在我离开此地以前，我们能把这件债务清理一下。”

“自然，自然，王叔父，”小谢说，“在我们困难的时候，你能慨然相助，现在我一定要偿还这笔欠债。如果你能稍等几天，我就可以周转过来的。”

王于是又到旅店中住下来，以后数日内，小谢常来看他。一天，谢嘱其助手陪王去浴池洗澡。此时王以急于返家，浴后即往谢家追索借款。

“我已经给你预备好了，”谢回答说，“现在只要你把借据给我，我就可以把钱交给你，这样便彼此两清了。”

王于是伸手去拿借据，但是遍寻不得。他知道前一晚上洗澡去的时候，那张借据仍然在口袋中放着。

“如果你拿不出借据来，我当然不能付款的。”谢说。

王于是疑怒交加，知已被骗。小谢又说他本人并不知这笔债务，如要追索欠款，当然需有借据。

“我父亲如果遗有欠债，”小谢说，“我为儿子的自当清还，但是要实有借款，并以他亲手写的借据为凭才行。”

王怒火中烧，无法可想。

“你是，是，是说……”他还没有说完。

两人遂即大声地争辩起来了。

“好！好！好！”王说，“我不和你争辩。所幸你父亲的棺木还在此地。我们两人到你父亲的棺前发誓。”

两人都同意发誓。于是王说如果他没有借钱给死者，如果他到谢家是寻骗，愿意来生变成驴子，终身为他骑着。王发誓以后，在棺前失声痛哭。小谢也烧香发誓，说如果他是欺王，愿他的父亲转生成驴子，使王骑着去抵偿欠债。

王回到旅店之后，把这件事讲给人听。后来盛怒返家，又以此事告知家人，大家都是怒不可遏。

后来遇到一个下雨的下午，王正在门前站着抽烟，忽然看见老谢走进他家，随即杳无踪迹。他喜出望外，跟踪要想同他谈话的时候，忽然想起老谢已死。那一定是老谢的鬼魂。

家人正在疑惧的时候，忽然听说驴子在后院生下一只小驴。王到后院去看，见小驴向他点头。王向小驴说：

"小驴呵！如果你真是谢凤山，就向我点头三次。"

小驴于是点了三下头。王觉得惊喜交加，小心喂养小驴。过后几天，他发现小驴肚上有一簇毛，类似"凤山"两字。第二个字尤其明显。于是他知道小驴就是他的老友。

邻居都知道此事，风声愈传愈广。许多人到王家来看那只奇怪的小驴，一个转生还债的驴子。

不知事情还有更奇的，某日王骑驴子往巢镇购米，途经一个瓷器店的时候，驴子一直闯进店内，无故踢倒一架子瓷器。店主要求赔偿损失，王就动气打着驴子说：

"谢凤山，你真不知耻！"（因为他常叫驴子谢凤山。）"你为什么要替我找麻烦呢？"

"你为什么要叫驴子谢凤山呢？"店主疑惑地问。

于是王就把那一番事讲给他听。

"那就算了吧，"店主说，"我还欠谢七块钱呢。大概他是来讨账的。"

他们计算了一下打坏的瓷器，共合八块多钱，七块钱加上利息，正合这个数目。

于是事情来得愈奇，谢的同乡也都听到这事，大家谈论小谢的父亲转生成一个驴子，被老朋友王永明骑着。小谢听了大怒，就去县署告状，诬王捏造事实，有意毁坏他的名誉。

据我所知的，这件案子仍在审查中。

王永明真的看见老谢的鬼影走进他家吗？驴子的肚上为什么会有一簇毛，那簇毛又如何类似老谢的名字？关于瓷器店的这段故事，是我在一九三二年游览北平附近的明坟时，亲身听一个驴夫讲的。也许这段事是加上去的，或者王知道这个旧的故事，故意去和瓷器店安排好那样去做。换句话说，王是否出于气愤，明知不能索还欠债，故意捏造这个故事。我所知道的是这个故事完全近于人情，王因之得到了最大的快感。

中国的未来

　　不知道我们这巨大的种族和民族的实质的意义，而要想来讨论中国的未来是不可能的。这工作所以困难是因为中国的变动是太快了，它脱离了久长的旧时代，它潜蓄着那么多的持续力的伟大因素，这在只从表面看事的人是见不到的。

　　就是对于现在的中日战事的战场的命运以及战争的范围结果，如果不熟悉成长中的中华民族不是民族而是文化，要想估计是不可能的。战争的结果仅能表面地影响这落后的成长中的民族的。我个人以为中国是有着一种内在的力量，这种力量会使战事停顿下去而实际上却是中国的胜利。可是不论胜利、失败，中国的命运掌握在她自己手中，这在旁人，即便是日本的坦克飞机也是无能为力的。

　　战争爆发后，我们已看到了中国的新的民族实质。她在战场上失利了，她损失了大块土地；她甚至失去了她从前的首都。可是中国的领袖和内部一致的对外团结至今没有什么变动。在另一面，改组，政府迁都，拒绝日本的几次求和，采行焦土政策和游击战术，训练无数新兵，和建筑数千里的公路——所有这些事实都说明了抗战到底的坚决。这些事情在五年前是不会发生的，这表明了有着一种足以转变中国的伟大力量。

我们且回到二十九年前的时代，那时，在一九一一年，清王朝崩溃了。年青的革命者以为他们能够一举手便把这老大帝国改变成新的共和国。可是共和国却因土地的广大而堕入一批清政府时训练了的地方军阀手中了。议会政治是失败而且立刻舍弃，也没有谁出来保卫。

这是很明白了，是因为帝国的崩溃连普通社会的和文化的真义也崩溃了。没有新式的交通工具，统一是全然不可能的事。欧洲在查理曼或拿破仑倾覆后发生的事情，现在在清朝倾覆后的中国发生了。那时是军阀间均势的变动和军阀和革命力量间的争斗。

十一年以后，在一九二二年华盛顿会议时，西方列强虽然见到中国当时的纷乱，他们却认为中国有恢复她国家秩序的能力，并担保"与中国以最多最平静之机会，俾彼得发展并保持其稳固有效之政府"。

事实上，虽然有些中国人不喜欢华盛顿协定，把它视作侮辱，可是十几年来中国却并未有过外人承认"俾彼得发展并保持其稳固有效之政府"的纪录。只有有远见的政治家才能见到目前以外的事，一九二七年南京政府的成立，便可证明他们的对中国的信念，而南京政府的逐年成长和内政的革新符合于那些西方列强的希望。它是"稳固有效之政府"的期望，这是谁也不能否认的。

对于约言有神圣信念的华盛顿协定，使太平洋的列强之扩展海军军备暂得休息，而中国也因此得到了一个复兴图强的真正机会。华盛顿会议后的十年中，日本自由主义者颇为得势因而阻止田中一类的军事梦想家的行动。华盛顿会议后的这十年是中日保持友好关系的唯一十年；新的阶段开始于一九三一年的征服满洲。

中国内部究竟发生了什么，不是一个普通人知道的事情。就是连中国最重要的人物——蒋介石也不能知道。使得中国民族意识觉醒的力量是不可见的信念的力量和国际环境。信念的力量，报纸，图画，杂志的力量，电影，无线电的力量，建设公路交通工具的力量，以及大众觉醒的力量——这些力量是没有东西可以阻止得住的。

男男女女的外观都成新式的了；年轻一代的教授代替了前清的遗老（我在国立北京大学的同事有一个经济学教授，一个地质学教授，一个名誉校长，都是哥伦比亚留学生，都在南京政府当着官），一批年轻的留学欧美的银行家和经济学家代替了北京政府时代天生捞钱养军队的老财务官。这并不由于金融制度的改良，而是由于税收漏卮的发现。年轻的一代总是有一些左派而激进的。中国反对斯大林和托洛茨基的人们大概是很和善的。

自一九三一年以后，日本进攻的信号促使中国加速地增强她的民族意识。政府方面，国防复兴计划在积极进行着。铁路飞快地扩展着（粤汉铁路是连夜用了火把照着赶筑成功的，他们还提防日本的封锁），连接西南西北各省到南京的全国公路网加速建设；双顶的钱塘大桥和七百万元的虬江码头都在战事发生之前完工。政府金融状况因发行纸币，集中银元准备金和收并国家银行而大为增强了。在许多省，大学一年级学生和高中一年级学生须受三个月的集中军训。中国显然是团结起来的，这是刺痛日本的新生中国。以前努力改进内政的民族主义者，现在全起来和日本作誓死战了。这些都不是外来侵略所能击溃的。不论如何，种子是已经播下了，它是一定会抽芽生成的。

这个民族主义现在是受着试验。这个自沈阳事件后六年来的试验是对中国有利的。我早说过日本军队已经帮助了并且煽动了中国的民族主义者的兴起，这民族主义者不论是理论上或是实际上和"反日主义者"是毫无分别的。在侵占东三省以后的对中国土地主权不断的侵害中，觉醒了的民族意识，也就是对日的仇恨，渐渐地充裕地侵入了每一阶级的中国人的心，而这种意识却因为南京政府为了要避免发生事件对一切反日举动的压制而加强了。

就在这个时候，日本违反了她的意志，她正在增强着中国的民族主义，巩固着中国的统一。显然日本走上了不能回头的道路。她必须一往直前毫无犹豫地击溃中国的抗战，虽然她也明知她所用的方法只能引起更多更深的仇恨。假如她达到了目的，中国被迫停战了，那当然很好；可是假如她不能达到目的，中国抗战并没有溃败，那她就得准备接受其后果了。

我相信日本是冒着绝大的险。不管怎样，骰子已掷下了。而它也知道今后或能和满洲国一样跟中国"合作"，或者没有可能，于是用炸弹炸中国。

日本的炸弹到处爆炸着，反目仇恨和炸弹碎片像深入人体一样深入了中国的心。如果有哪个中国人怀疑日本是否侵略中国的话，那么日本的轰炸机是会除去他的怀疑的。对于外来侵略的反作用，中国人是跟别种人民完全一样的。我因而认为日本的轰炸机是蒋介石的军队的最可靠的宣传武器，大家都知道日本人是善做艰苦工作的。

战争延续的效果显然是日本要被迫陷入一个延长下去而减弱了她的国力的冲突里，日本所忧虑的不是它能攻克许多中国土地的问题，而是它怎样能在游击战前不消耗太多而安全地保持所占土地的问题。

换句话说，这不是它能深入多么远的问题，而是它为了中国境内的傀儡政权而要防卫多少中国土地的问题。因为在满洲国需要常驻日兵，在别处的傀儡政权也需要兵力——如果撤退了，傀儡政权也就瓦解了。傀儡政权所有的土地愈大，所需的日本兵力也就愈多。游击战术的应用，加上了焦土政策的采用（这政策本身就是中国决心作战到底的最确实的说明），将使得这战争延长下去。我相信这便是唯一的结果。

中国的民族主义是在受着最严厉的试验，而中国的人民也在受着严重的痛苦。在战争结束了以后，中国固弄得荒芜，日本却也软弱而沦为二等国家。如果有第三国出任调停，强迫日本停战时，中国的民族主义者便会回头努力复兴民族工作，这次战事的影响，两个国家都会体味到一二十年的。

这个经过了可怕的锻炼从外人的统治下解放出来的中国，我相信，一定会重新回复起一个新的自信和新的民族的自傲。可是这一次的挣扎表示了七八年前开始的复兴工作要重新在一个较低的水准上重新开始。这就是说，蒋介石会成为一个民族英雄，而那些现在忠忱地和政府合作着的人民将被注入以一个全新的忠实感觉。这也就是说，一种对于一向为人蔑视的军人的新的尊敬，和一心对于国防力量的新的兴趣。

已经来过的还继续在来着；新时代的信念的不可见的力量会保持这个古老的有教化的人民的。有了中国的智力和勤勉，一个新时代的民族是永不会被征服的。俾斯麦以为他毁灭了法国，而协约国以为他们毁灭了德国。日本也要毁灭中国的新的民族主义（这是这次战争的目的），所以日本正在这样想。假如俄国在这次战争后给精疲力尽的日本来一下毁灭的打击，俄国会想她是在使日本永久毁灭了，可是一个新时代的日本民族却能毁灭吗？世界上是有着非武力所能毁灭的东西的。

所以，如果中国有民族主义，我相信中国在战争之后，受到了战争的教训以及她自己无穷的持续力，她是会迅速地恢复旧观的。我相信这民族会被经验所锻化了而会坚决进行复兴工作的。

这次战争最有价值的礼物，我相信，是纪律的教训，这普通总不是中国的美德。蒋夫人继续她的新生活运动，这运动在这教训中会获得一个新的意义。

因此，我们的政权将有几种可能的。第一，蒋介石的威望大大地增高了，这又大大地便利他的工作。第二，人民将比较有丰富一些的战争感而好战一些了，当然不再有投降主义的了。第三，人民一定比从前更关心社会问题了，特别是在他们受游击战训练时的政治训练，改良复兴农村将特别受领袖们的关心。第四，有大批的文官会被清除出去。

共产主义的戢止在于中国固有传统，而法西斯主义的戢止则将依于蒋介石的法令而行事。中国的前途将还是民主政治的前途。

中国的爱好中庸是很重要的。中国不是日本也永远不会是日本。战事结束后，外人在中国的治外法权迟早要舍弃的，外国租界迟早要收还的。

但是我不相信这些变化会怎么剧烈。有一个重要的因素便是中国的急需外国资本来建设，而一些民主国家也一定会把它当作一种杠杆尽可能地来保持他们的地位的。可是中国国际联系一定有一个簇新而康健的互敬互尊的气象。

对于日本，中日关系的道路上将留下一些更新更大的问题，这些问题日本和中国都要去解决的，而我想日本将忙于自己的经济问题而无暇来关心中国的问题。

中国会有更多的机会跟日本建立友好关系，这关系日本至今

还没有得到。不论他们征服中国或是与中国修好，他们总缺少获
得民心的政治才能。"满洲国"便是一个明证。日本现在是，而
且还要常常是拙劣的开天辟地的人。

真正的威胁——观念，不是炸弹

　　在人类文明的进步中，生活的艺术和杀人的艺术——航空术和战术——常是存在一起的。任何民族都不会保持三百年以上和平相处没有内外战事发生的。这似乎是从人类是爱好斗争而又爱好和平的动物的这一事实引出来的。在人类的身上，爱好斗争的本能和爱好和平的本能——这我称做食肉的本能和食草的本能——是完全混合的。

　　这意思倒并不指中国的缺点；问题是一种把人驯服得毫不好斗的文明是不是需要。生活是常和斗争在一起的，否则种族会逐渐消灭的。

　　我不想赦宥战争，我只是指示我们生物学上的遗传。在自然界里好斗的本能和生活的本能是一件事物的两个表现，那些原始的生物学上的本能比任何短暂的意识形态或政治信仰都来得深刻。在生物界中无情的战斗常和母子的爱以及异性的爱是在一起的。这些异性的爱是产生美的：譬如花的香，百灵的婉啭，蟋蟀的歌声。

这也许要使研究博物的学生沮丧的，那最无情的争斗在表面上看来平安无事的地上地下日夜继续着，一只和气地坐着的鱼狗却是刚刚杀了一条无辜的鲦鱼的；自然生活本能本是难堪的，要经过一次灾难才能还复原状。如果大风暴后，你到长岛去观光一下，你看到那青绿的树和美丽的风景，你会不禁感到自然生活的太艰辛了。

现在欧洲又一次被战神蹂躏了。在每个人看来，慕尼黑会议以后，战争是不可避免的了，因为和平是那么和战争接近，短暂的和平就预示了无穷的破坏。更使事情纷乱的是，作战的人还自夸是爱好和平者，而侵略者还斥责对方是"战争制造家"。希特勒从杀戮了波兰回过头来，同样向欧洲伸出他的魔手，他坦白地问道："为什么要有战争呢？"在进行整个大陆的大屠杀的日本，却说只是要建立"新秩序"。和平和战争比前时更混乱不堪了。

这些是什么意思呢？人的爱好和平的本能有没有被好斗的本能所暂时抑制了，征服了或者是消灭了呢？而时代文明（艺术，宗教，人类的共同信念，科学的新发现和生活的艺术等）会不会消灭呢？我们先来解答第二个问题。

许多人都因城市在空袭中消灭而感到无限恐怖，有的思想家以为时代文明是会被消灭的。我要深深地表示不同的意见。

我知道好战本能仅仅是爱好和平本能的另一面，我相信上战场的人没有是不愿生存的，所以我以为爱好和平的本能是两者中的较强的一个，因此是不能消灭的。这本能既不能消灭，文明或是生活的艺术便也不能消灭。我们说战争会消灭时代文明的意思是什么呢？

事实上，艺术和科学也许要暂时地倒退，可是我敢断定在战争以后，母鸡还是会生蛋的，人们也不会忘了怎样炒蛋的，羊还是会生长羊毛，英国的工厂还是会纺织出呢绒织物的。城市的外观也许会因无情的轰炸而改变，一些旧的存稿甚至大英博物馆的 Magna Carta 也许会遗失或焚毁。一些英法的诗人科学家也许要被杀戮，一些有价值的实验室，或甚至牛津大学里的也许要扫灭。然而，地下卜兰 Bodleian 图书馆是不会消灭的，而科学方法也还是能保留下来的；要消灭所有的文件书本是不可想象的。留声机片子和萧邦的音乐还是有着的，因为音乐的爱好者还是有着的。

人类也许因民族的少壮一代被屠杀而经受显明的痛苦。可是如果民族并不因轰炸而完全消灭的话，时代文明和一切艺术和科学的遗产是会继续下去的。

在战争破坏后，人类爱好和平的伟大本能以及人类天才的创造能力能把欧洲在极短时期内恢复过来的。

这说明了仅是物质的混乱是不能破坏什么的，中国便是一个最好的例证。在这次战事中中国学校，文化机关的遭日本破坏可说不能再有比这更系统，更完全的了。可是要是说中国的文化消灭了是太牵强的。浙江一个大学的教授学生从东南徒步千哩走入内地，重新在云南西南开学上课。

如果人没有消灭，什么也不会消灭的。中国古代文化的爱好者会因世上唯一仅存的永乐皇家藏书被一八五九年的英法联军消灭而感到忧戚。可是这对整个中国民族又有什么关系呢？秦始皇的焚书坑儒也不能消灭儒家文化。

这说明了这问题的更微妙的非物质一方面和人类生活的积极方面。如果那些制造文明的事物——信仰自由，个人权利，民主政治和普通人的爱团信念——消灭了，时代文明才会消灭。极权国家不能用战争剥夺人民的这种文明。把人当作间谍来处理，这已经在开始消灭文明了。如果有一个民族并不能这样容易地摆布，人们的精神还保持自由的话，文明是不能用战争消灭的。

把爱好和平的本能置放于好斗的本能的隶属之下，消灭文化是全然可能的。如果不把人生的价值加意地防卫，把生活的权利有意识地抬高，文化是可以消灭的。在这个时代的思想和生活中这种生活的权利渐渐交给了独裁者了，这才是危险的征象。欧洲极权国家的公民早已丧失了非洲土人至今还享受着的生活和思想的权利了。

事实上，我们已经从通常理解的文明走远了一段路程了。一切在闲荡着，于是文明来了，给我们相当的舒适生活，还有相当的限制自由，叫做责任感。马是没有责任感的，信鸽的飞回家来只是为了它喜欢如此。可是人要做工作。

首先，告诉他要为生活而工作。于是再告诉他要为保卫工作权利而奋斗。我们要随时准备作战，带了枪吃饭，穿着作战长靴而死是远比不穿来得光荣。我们没有自然的自由而回到自然。人们有的是食粮领取证和责任感。百万个训练编排得一样思想的机械人，在他们主人的指挥下咒骂着或颂扬着苏联。

所以威胁今日的文明的不是战争本身，也不是战争的破坏作用，而是几种政治主张所惹起对于生命价值的观念的变动。这些政治主张直接地侵害了人的正常自然的生活权利，而使它们隶属于民族间屠杀的需要。在极权主义者看来屠杀的重要性是远过于生活的重要性的。

无可否认，在为了战争和征服而组织的国家的观点上看来，极权主义是需要的，可是在追求文明服务和生活幸福的目标个人看来，极权主义在这一方面是没有什么可取的。消灭时代文明的不是战争，也不是机械，而是把个人权利隶属于这时代思想的有力因素的国家的那种趋势。

罗马帝国也许是被老鼠和蚊子所消灭的，而最后还是因人类的堕落而消灭了。时代文明也可能因那种引起同样的种族堕落的和平而消灭的，这种种族的堕落，不论是如荷顿（Hooton）教授所说的那种物质上的感觉，或是人类自由的丧失的精神的感觉，结果都是一样的。在物质方面，戴了防毒面具的二十一世纪的人是足够吓退一种原始的穴居人了；可是在精神方面，在某种国家中，我怀疑他看来是更值得尊敬的。

普通人的羞耻是早已没有了。在极权主义的世界里，华尔怀德曼的《开路歌》念起来恍恍惚惚的：

> 愉快地，我进行着
>
> 开路工作，
>
> 健康自由的世界
>
> 便在我的面前，
>
> 我面前长长的，棕色的大道领着我，
>
> 向我要去的地方走去，然而他的警告是不能忘记的：
>
> 我在路上行走，你会不会对我说，
>
> 不要离开我？
>
> 你会不会说，不要冒险吧——如果你离了我，
>
> 你便会迷路的？

只有尊重人类自由的梦想，只有恢复人类生活权利的重要性和价值，才能避免损害时代文明的威胁。我现在更相信那个拒绝舍弃一寸自由的伟大流浪者才是世界的救主。

我开始时就说人类好战的本能和爱好和平的本能只是一件事的两个方面。简直没有人会想，一个报名上前线的志愿兵和那愿在炮火中战死的更高贵的愿望同样是追随着冒险开路的本能的。

兵士俘到一个敌人时比抓到一只迷路的小鸡时更为兴奋的事实，并不就是前线战争的真正面目。真正面目倒是这个事实的反面。一个人在跑过通路时突然觉悟到生命在死神前才是最珍贵最甜蜜的。人们走出了战壕便不会再默念他们的敌人的仇恨了，除非他们因过分的憎恨才杀了他。

一个业余的诗人读到他新近因灵感而写下的一首嘲笑田鼠和村女的打油诗；一个伍长一声不响地抽着烟斗，而全体士兵在静听着一个同伴读 Bulwer-Lytton 的小说；一个十八岁的白面的，敏感的青年带了他在毁坏了的邻村中发现的紫罗兰走了进来；有人弹着吉他唱着歌。这时，天上百灵鸟的婉啭声和地下蟋蟀的歌唱声在前面似乎更令人迷惑了，更觉得珍贵了。

突然的，兵士发现了人是为自己而生活的伟大真理，当他回头看到后方的人民时，生活的真正的面目便显出了极端的重要性和魅力。在战争开始时的兴奋中，一个志愿兵会马上快活地穿上军服，可是在战壕中度过了二三年以后，如果在一个星期日的下午打了红领带和他的情人幽闲地散步时，他会觉得这是世上唯一值得留恋的事情了。打红领带的重要性在你不能打时你才会体验到的。对于一个休假回来的兵士，城市生活或是乡村生活最平常的景象——一只夹肉面包的柜子，晚上的霓虹灯，甚至路灯——看来都是美好而令人安心的。即使做一只懒虫，蹲在床上没有什么起身号的幻觉，似乎也能构成一个人类文明的庄严、美德和伟绩。

事实上，一个人突然觉悟到人生的一切美好事物——早晨的咖啡，新鲜空气，午后的漫步，甚至赶乘地下铁路或是在火车上巧遇故人——所有这些都因他们构成了生活的目的而也便构成了文明。战争使我们悟解到我们平时认为当然的事物的非同寻常。没有人会比前线回来的兵士在理发店中修面再觉得愉快的了。

　　人生的目的就是为了自己生活，这是多么明显的事实，我们简直从没有想到过，而且和平的时期中我们有时竟会对它发生怀疑。譬如，道德家在蔑视躺在床上的生活，而神学家也常以为困苦便是美德。可是前线的兵士总迟早会觉得躺在床上是文明的至上礼物，而脱了战靴睡觉的生活方式远比穿了睡觉来得真实。